folio junior

Collection dirigée par Jean-Philippe Arrou-Vignod

Pour en savoir plus :
http://www.cercle-enseignement.fr

Hans Christian Andersen

Contes choisis

Illustrations de Rémi Courgeon

Traduction de Régis Boyer,
professeur à l'université de Paris-Sorbonne

Carnet de lecture par
Hélène Bernard

GALLIMARD JEUNESSE

La princesse au petit pois

Il y avait une fois un prince. Il voulait épouser une princesse, mais ce devait être une *vraie* princesse. Alors, il voyagea par le monde entier pour en trouver une de ce genre, mais, partout, il y avait quelque chose à redire. Des princesses, il n'en manquait pas, mais que ce soient de *vraies* princesses, il ne pouvait en être tout à fait sûr, toujours, il y avait quelque chose qui n'allait pas vraiment. Alors, il revint chez lui et il était bien affligé[1], car il aurait tellement voulu une véritable princesse.

Un soir, il fit un temps épouvantable, éclairs et tonnerre, pluie à verse, c'était tout à fait effrayant ! Alors, on frappa aux portes de la ville, et le vieux roi alla ouvrir.

1. Affligé : très triste, accablé.

C'était une princesse qui se trouvait dehors. Mais, Dieu, l'air qu'elle avait, avec cette pluie et ce mauvais temps ! L'eau ruisselait de ses cheveux et de ses habits, elle lui coulait du nez dans les chaussures et ressortait par les talons, et voilà qu'elle dit être une véritable princesse.

« Ouais ! c'est ce que nous allons voir ! » pensa la vieille reine, mais elle ne dit rien, elle entra dans la chambre à coucher, enleva toute la literie, et posa un petit pois sur le fond du lit, sur quoi elle prit vingt matelas, les posa au-dessus du petit pois, et ajouta encore vingt édredons par-dessus les matelas.

C'est là que la princesse passerait la nuit.

Le lendemain matin, ils lui demandèrent comment elle avait dormi.

– Oh ! affreusement mal ! dit la princesse. Je n'ai presque pas fermé l'œil de toute la nuit ! Dieu sait ce qu'il y avait dans ce lit ! J'ai couché sur quelque chose de dur, j'en ai le corps tout couvert de bleus ! C'est absolument affreux !

Alors, ils purent voir que c'était une vraie princesse, puisque, à travers vingt matelas et vingt édredons, elle avait senti le petit pois. Personne ne pouvait avoir l'épiderme[1] aussi délicat, sinon une véritable princesse.

1. Épiderme : peau.

Alors, le prince la prit pour femme, car, maintenant, il savait qu'il avait une vraie princesse, et le petit pois fut placé au cabinet des Curiosités[1] où il est encore visible si personne ne l'a pris.

Voilà, c'était une vraie histoire !

1. Cabinet des Curiosités : petit musée où l'on expose des sujets d'étude surprenants.

La petite sirène

Dans la mer, bien loin, l'eau est aussi bleue que les pétales du plus joli bleuet et aussi limpide que le cristal le plus pur, mais elle est très profonde, si profonde qu'aucune ancre n'atteint le fond, il faudrait empiler des quantités de clochers pour monter du fond à la surface. C'est là qu'habitent les ondins[1].

Maintenant, n'allez pas croire qu'il n'y a là qu'un fond de sable blanc et nu ; non, les arbres et les plantes les plus extraordinaires y poussent, leurs tiges et leurs feuilles sont si souples qu'elles remuent au moindre mouvement de l'eau comme si elles étaient vivantes. Tous les poissons, petits et grands, se faufilent entre les branches, comme ici, les oiseaux dans l'air. À l'endroit le plus profond,

1. Ondins : génies des eaux dans la mythologie scandinave.

il y a le château du roi de la mer, ses murs sont de corail et ses longues fenêtres gothiques, de l'ambre le plus clair, mais le toit est fait de coquillages qui s'ouvrent et se ferment au gré des courants ; cela a très grand air car, dans chaque coquillage, il y a des perles scintillantes : une seule ferait une parure splendide dans la couronne d'une reine.

Le roi de la mer était veuf[1] depuis bien des années, c'est sa vieille mère qui tenait sa maison, c'était une femme avisée, mais fière de sa noblesse, aussi portait-elle douze huîtres sur la queue, là où les autres dignitaires[2] ne devaient en porter que six… Sinon, elle méritait grandes louanges, en particulier parce qu'elle aimait tant les petites princesses de la mer, les filles de son fils. C'étaient six charmantes enfants, mais la plus jeune était la plus belle de toutes, sa peau avait l'éclat limpide d'un pétale de rose, ses yeux étaient bleus comme le lac le plus profond, seulement, comme toutes les autres, elle n'avait pas de pieds mais une queue de poisson.

Il leur arrivait de jouer à longueur de journée dans le château, dans les grandes salles où des fleurs vivantes poussaient sur les murs. On ouvrait les grandes fenêtres d'ambre et, alors, les poissons

1. Veuf : dont l'épouse est morte. 2. Dignitaires : personnes importantes.

entraient et nageaient jusqu'à elles, tout comme chez nous les hirondelles entrent en volant quand nous ouvrons, et les poissons nageaient tout droit jusqu'aux petites princesses, mangeant dans leur main et se laissant caresser.

À l'extérieur du château, il y avait un grand jardin aux arbres rouge feu et bleu sombre, les fruits étincelaient comme de l'or, et les fleurs, comme feu ardent, tout en agitant constamment tiges et pétales. Pour le sol, il était du sable le plus fin, mais bleu comme soufre enflammé. Sur le tout planait une merveilleuse lueur bleue, on se serait cru très haut en l'air à ne voir que le ciel au-dessus et en dessous de soi, plutôt que de se trouver au fond de la mer. Par temps parfaitement calme, on pouvait apercevoir le soleil, on aurait dit une fleur pourpre dont le calice dispensait toute cette lumière.

Chacune des petites princesses avait son petit coin dans le jardin, où elle pouvait creuser et planter comme elle le voulait ; l'une donnait à sa plate-bande de fleurs la forme d'une baleine, une autre préférait que la sienne ressemblât à une petite sirène, mais la plus jeune fit la sienne toute ronde comme le soleil et n'eut que des fleurs d'un rouge éclatant, comme lui. C'était une étrange enfant, tranquille et réfléchie, et tandis que ses sœurs décoraient leur coin avec les choses les plus extraordinaires qu'elles avaient retirées des bateaux coulés, elle, ne voulait, en dehors des fleurs rose vif qui ressemblaient au soleil là-haut, qu'une belle statue de marbre : c'était un joli garçon taillé dans de la pierre blanche et claire et qu'un naufrage avait déposé au fond de la mer. Elle planta près de cette statue un saule pleureur rose vif qui poussa merveilleusement et fit retomber ses fraîches branches tout autour, jusqu'au sol de sable bleu où l'ombre apparaissait violette et remuait comme les branches ; on aurait dit que la cime et les racines jouaient à s'embrasser.

Elle n'avait pas de plus grande joie que d'entendre parler du monde des hommes, là-haut ; il fallait que sa vieille grand-mère raconte tout ce qu'elle savait des bateaux et des villes, des gens et des animaux, surtout, elle trouvait étonnamment merveilleux que, là-haut, sur la terre, les fleurs aient un parfum, elles n'en avaient pas au fond de la mer, et que les forêts soient vertes, et que les poissons que l'on voyait parmi les branches sachent chanter si haut, si délicieusement que c'en était un plaisir ; c'étaient les petits oiseaux que la grand-mère appelait poissons, sinon, les petites princesses n'auraient pu la comprendre puisqu'elles n'avaient jamais vu d'oiseau.

– Quand vous aurez quinze ans, disait la grand-mère, vous aurez la permission de monter à la surface de la mer, de vous asseoir au clair de lune sur les rochers et de voir les grands bateaux passer ; vous verrez des forêts, des villes !

L'année qui vint, l'une des sœurs eut quinze ans, mais les autres... eh bien, chacune avait un an de moins que la précédente, et, donc, la plus jeune devait attendre encore cinq ans avant d'oser monter du fond de la mer pour voir notre monde. Mais elles se promettaient mutuellement de se raconter ce qu'elles auraient vu et trouvé de plus joli le premier jour, car leur grand-mère ne leur en racontait pas assez, il leur restait toujours tant de choses à savoir.

Aucune n'était aussi impatiente que la plus jeune, celle, précisément, qui avait le plus longtemps à attendre et qui était si calme et réfléchie. Bien des nuits, elle restait à la fenêtre ouverte, levant les yeux à travers l'eau bleu sombre où les poissons agitaient les nageoires et la queue. Elle apercevait la lune et les étoiles, certes, elles brillaient d'un éclat bien pâle, mais à travers l'eau, elles avaient l'air bien plus grandes qu'à nos yeux ; qu'il passât comme une sorte de nuage sous elles, elle savait alors que c'était soit une baleine qui nageait au-dessus d'elle, soit encore un bateau plein de gens qui ne pensaient sûrement pas qu'une charmante petite sirène se trouvait en dessous, tendant vers la quille ses blanches mains.

Ainsi, l'aînée des princesses eut quinze ans et monta à la surface de la mer.

Quand elle revint, elle avait cent choses à raconter, mais le plus délicieux, dit-elle, c'était de s'étendre au clair de lune sur un banc de sable dans la mer tranquille, et de voir tout près de la côte la grande ville où les lumières scintillaient comme des centaines d'étoiles, d'entendre la musique et le bruit et le vacarme des voitures et des gens, de voir tous les clochers et les flèches d'églises, et d'entendre les cloches sonner ; comme elle ne pouvait y aller, c'était surtout de tout cela qu'elle languissait[1].

Oh ! comme la plus jeune sœur écoutait, et quand, ensuite, elle se tint à la fenêtre ouverte, le soir, levant les yeux à travers l'eau bleu sombre, elle pensa à la grande ville avec tout son vacarme et son bruit, et elle crut entendre la sonnerie des cloches descendant jusqu'à elle.

L'année suivante, la deuxième sœur eut la permission de monter et de nager où elle voudrait. Elle émergea au moment précis où le soleil se couchait et ce fut ce spectacle qu'elle trouva le plus splendide. On eût dit que le ciel tout entier était d'or, dit-elle, et les nuages, eh bien, elle ne pourrait assez les décrire ! Rouges et violets, ils

1. C'était surtout de tout cela qu'elle languissait : c'était surtout tout cela qu'elle désirait tant connaître.

avaient vogué au-dessus d'elle, mais bien plus rapide qu'eux volait, comme un long voile blanc, un groupe de cygnes sauvages, au-dessus de l'eau, là où était le soleil ; elle avait nagé vers lui, mais il avait sombré[1] et la lueur rose s'était éteinte à la surface de la mer et sur les nuages.

L'année suivante, ce fut la troisième sœur qui monta, c'était la plus hardie de toutes, aussi nagea-t-elle vers un large fleuve qui se jetait dans la mer. Elle vit de magnifiques collines vertes avec des vignes, des châteaux et des fermes qui perçaient parmi de splendides forêts ; elle entendit chanter tous les oiseaux et le soleil était si chaud qu'elle dut plonger souvent pour rafraîchir son visage brûlant. Dans une petite anse[2], elle rencontra tout un groupe d'enfants ; ils couraient tout nus et pataugeaient dans l'eau, elle voulut jouer avec eux, mais ils se sauvèrent, effrayés, et un petit animal noir arriva, c'était un chien, mais jamais, encore, elle n'avait vu de chien, il aboya si affreusement après elle qu'elle prit peur et chercha refuge en pleine mer, mais jamais elle ne pourrait oublier les magnifiques forêts, les vertes collines et les jolis enfants qui savaient nager bien qu'ils n'aient pas de queue de poisson.

La quatrième sœur n'était pas si hardie, elle resta

1. Sombré : disparu dans l'eau. 2. Anse : crique, baie peu profonde.

au beau milieu de la mer démontée et dit que c'était précisément là que c'était le plus magnifique ; on voyait à des lieues à la ronde et le ciel, au-dessus, était comme une grande cloche de verre. Des bateaux, elle en avait vu, mais loin, on aurait dit des goélands, les dauphins amusants avaient fait des culbutes, et les grosses baleines avaient soufflé de l'eau par leurs évents, on aurait cru qu'il y avait des centaines de jets d'eau à la ronde.

Vint le tour de la cinquième sœur ; son anniversaire tombait en hiver, aussi vit-elle ce que les autres n'avaient pas vu la première fois. La mer était très verte, çà et là nageaient de grands icebergs, chacun avait l'air d'une perle, dit-elle, et il était pourtant bien plus grand que les clochers construits par les hommes. Ils prenaient les formes les plus extraordinaires et brillaient comme des diamants. Elle s'était assise sur l'un des plus grands et tous les voiliers s'écartaient, effrayés, de l'endroit où elle se trouvait, laissant voler au vent sa longue chevelure ; mais vers le soir, le ciel se couvrit de nuages, il y eut des éclairs, du tonnerre, tandis que la mer, toute noire, soulevait très haut les gros blocs de glace et les faisait briller sous les éclairs rouges. Sur tous les bateaux, on carguait les voiles[1], angoisse et terreur, mais elle, elle res-

1. On carguait les voiles : on les serrait.

tait tranquille sur son iceberg flottant, à voir le rai bleu de l'éclair frapper en zigzag la mer qui brillait.

La première fois que l'une des sœurs montait à la surface, chacune était toujours ravie de tout ce qu'elle avait vu de nouveau et de beau, mais comme, maintenant, devenues grandes filles, elles avaient la permission de monter quand elles voulaient, cela leur devenait indifférent, elles languissaient de revenir chez elles[1] et, au bout d'un mois, elles disaient que c'était quand même là que c'était le plus beau et que l'on était tellement bien chez soi.

Le soir, bien des fois, les sœurs se prenaient par le bras et montaient en ligne à la surface ; elles avaient de charmantes voix, plus belles que celle d'aucun humain, et quand une tempête s'annonçait et qu'elles pouvaient croire que des bateaux sombreraient, elles nageaient devant les bateaux et chantaient délicieusement la beauté du fond de la mer, demandant aux marins de ne pas avoir peur d'y descendre ; mais ceux-ci ne comprenaient pas leurs paroles, ils croyaient que c'était la tempête et ils ne parvenaient pas à voir les délices d'en bas, car lorsque le bateau coulait, les

1. Elles languissaient de revenir chez elles : elles étaient impatientes de revenir chez elles.

hommes se noyaient et c'est morts qu'ils arrivaient au château du roi de la mer.

Quand, de la sorte, les sœurs montaient le soir, bras dessus, bras dessous à travers la mer, la petite sirène restait toute seule à les suivre des yeux et l'on eût dit qu'elle allait pleurer, mais une sirène n'a pas de larmes et elle n'en souffre que davantage.

– Ah ! si seulement j'avais quinze ans ! disait-elle ; je sais que je vais vraiment aimer ce monde de là-haut et les humains qui l'habitent !

Enfin, elle eut ses quinze ans.

– Eh bien, te voilà émancipée[1] ! dit sa grand-mère, la vieille reine douairière[2]. Viens, que je te pare comme tes sœurs[3] !

Et elle lui posa une couronne de lis blancs sur les cheveux, chaque pétale de fleur étant une demi-perle ; et la vieille fit fixer sur la queue de la princesse huit grandes huîtres pour manifester son rang élevé.

– Ça fait mal ! dit la petite sirène.

– Oui, il faut souffrir un peu pour être belle ! dit la vieille.

Oh ! elle aurait tant voulu se débarrasser de toute cette parure et déposer sa lourde couronne ;

1. Émancipée : libérée de l'autorité de ses parents, des adultes. **2.** Douairière : veuve qui a hérité des biens de son mari. **3.** Que je te pare comme tes sœurs : que je t'habille avec soin, avec élégance, comme le sont tes sœurs.

les fleurs rouges de son jardin l'habillaient beaucoup mieux, mais elle n'osa pas défaire tout cela.

– Au revoir ! dit-elle, et elle monta dans l'eau, claire et légère comme une bulle.

Le soleil venait tout juste de se coucher quand sa tête émergea, mais tous les nuages brillaient encore comme des roses et de l'or et, dans l'atmosphère rouge pâle, l'étoile du soir scintillait, claire et délicieuse, l'air était frais et doux, la mer, parfaitement calme. Un grand trois-mâts mouillait là, une seule voile dehors car il n'y avait pas un souffle de vent et tout autour des cordages comme sur les vergues étaient assis les matelots. Il y avait de la musique et des chants, au fur et à mesure que la soirée s'assombrissait, s'allumaient des centaines de lumières ; on aurait dit que les drapeaux de toutes les nations flottaient dans l'air. La petite sirène nagea jusqu'au hublot du salon et chaque fois que l'eau la soulevait, elle apercevait par les carreaux transparents beaucoup de gens fort bien mis, mais le plus beau était pourtant le jeune prince aux grands yeux noirs, il ne devait sûrement pas avoir beaucoup plus de seize ans, c'était son anniversaire, et voilà pourquoi il y avait toute cette pompe[1]. Les matelots dansaient sur le pont, et quand le jeune prince s'y rendit, plus de cent

1. Pompe : cérémonie, luxe.

fusées partirent en l'air, elles éclairaient comme en plein jour si bien que la petite sirène eut très peur, elle plongea sous l'eau mais elle ressortit bientôt la tête, et alors, ce fut comme si toutes les étoiles du ciel tombaient sur elle. Jamais elle n'avait vu le feu faire pareille magie. De grands soleils tournoyaient, de magnifiques poissons de feu ondulaient dans l'air bleu, et la mer calme et limpide renvoyait tout cet éclat. Sur le bateau, il faisait si clair que l'on apercevait le moindre cordage, à plus forte raison les gens. Oh ! comme le jeune prince était beau tout de même, et il serrait la main aux gens, il riait, il souriait tandis que la musique résonnait dans la nuit splendide.

Il se fit tard, mais la petite sirène ne pouvait détourner les yeux du bateau et du charmant prince. Les lumières multicolores furent éteintes, les fusées ne partaient plus, on n'entendait plus de coups de canon, mais il y avait un bruissement, un grondement au profond de la mer ; elle resta sur l'eau, ballottée par les vagues, afin de voir dans le salon ; mais le bateau prit de la vitesse, les voiles furent déployées l'une après l'autre, les vagues se firent plus fortes, de gros nuages s'amassèrent, il y eut des éclairs au loin. Oh ! il allait y avoir un épouvantable orage ! Aussi les matelots carguèrent-ils les voiles. Le gros bateau roula et tangua à une vitesse folle sur la mer démontée, l'eau se souleva en grandes montagnes noires qui voulaient déferler sur le mât, mais le bateau plongeait comme un cygne entre les hautes vagues pour se laisser de nouveau soulever sur l'amoncellement des eaux. La petite sirène trouvait que c'était une course amusante, mais ce n'était pas l'avis des marins, le bateau craquait avec fracas, les épais madriers ployaient sous la puissance des coups, la mer prenait d'assaut le bateau, le mât se brisa par le milieu comme un roseau, et le bateau se coucha sur le flanc tandis que l'eau pénétrait dans la cale. La petite sirène vit alors qu'ils étaient en péril, elle-même dut prendre garde aux poutres et aux débris qui dérivaient sur l'eau. Un instant, il fit si noir qu'elle ne put plus rien voir, mais dès qu'il y avait un éclair, il faisait si clair de nouveau qu'elle reconnaissait tout le monde sur le bateau ; chacun se démenait de son mieux ; elle cherchait surtout le jeune prince et elle le vit, quand le bateau se brisa, sombrer dans la mer profonde. Aussitôt, elle se réjouit très fort, car, maintenant, il descendait jusque chez elle, mais elle se rappela alors que les hommes ne peuvent pas vivre dans l'eau et qu'il ne pourrait arriver que mort au château de son père. Mourir, non, il ne fallait pas qu'il meure. Aussi nagea-t-elle parmi les poutres et les planches dérivant sur la mer, oubliant totalement qu'elles auraient pu l'écraser, elle plongea profondément pour remonter très haut parmi les vagues, et parvint enfin jusqu'au jeune prince qui ne pouvait presque plus nager dans la mer déchaînée : ses bras et ses jambes commençaient à s'épuiser, ses beaux yeux se fermaient, il aurait dû mourir si la petite sirène n'était intervenue. Elle lui tint la tête au-dessus de l'eau et laissa les vagues les pousser, elle et lui, là où elles voulaient.

Au matin, le mauvais temps était passé ; du bateau, on ne voyait pas un débris ; rouge et brillant, le soleil se leva de l'eau, ce fut comme si les joues du prince en étaient animées, mais ses yeux restèrent fermés ; la sirène embrassa son beau front haut et repoussa ses cheveux mouillés ; elle eut l'impression qu'il ressemblait à la statue de marbre dans son petit jardin, elle l'embrassa encore en souhaitant qu'il pût vivre.

Elle vit alors devant elle la terre ferme, de hautes montagnes bleues à la cime desquelles brillait la neige blanche comme si c'étaient des cygnes couchés là ; sur la côte il y avait de splendides forêts vertes et, devant, une église ou un monastère, elle ne savait pas bien, mais c'était un bâtiment, en tout cas. Dans le jardin poussaient des citronniers et des pommiers et devant le portail s'élevaient des hauts palmiers. La mer formait là une petite anse totalement calme mais fort profonde jusqu'à la roche couverte de fin sable blanc : c'est jusque-là qu'elle nagea avec le beau prince ; elle le déposa sur le sable et veilla surtout qu'il eût la tête en haut dans la chaleur de l'éclat du soleil.

Or les cloches sonnèrent dans le grand bâtiment blanc et un grand nombre de jeunes filles traversèrent le jardin. Alors, la petite sirène nagea plus loin jusque derrière quelques rochers élevés qui dépassaient de l'eau, se mit de l'écume de mer sur les cheveux et sur la poitrine pour que personne ne pût voir son petit visage et examina qui venait au pauvre prince.

Il ne fallut pas longtemps pour qu'une jeune fille vînt jusque-là, elle parut très effrayée, mais un instant seulement, puis elle alla chercher d'autres personnes et la sirène vit le prince reprendre vie et sourire à tout le monde à la ronde, mais à elle, il ne souriait pas, il ne savait pas non plus, bien entendu, que c'était elle qui l'avait sauvé. Elle se sentit bien affligée[1] et quand on le conduisit dans le grand bâtiment, elle plongea, toute triste, pour rentrer chez elle, au château de son père.

Toujours, elle avait été calme et réfléchie, mais désormais, elle le fut bien plus encore. Ses sœurs

1. Affligée : très triste, accablée.

lui demandèrent ce qu'elle avait vu la première fois qu'elle était allée là-haut, mais elle ne raconta rien.

Bien des soirs, bien des matins, elle montait là où elle avait quitté le prince. Elle vit mûrir les fruits du jardin, et qu'on les cueillait, elle vit fondre la neige sur les hautes montagnes, mais le prince, elle ne le vit pas, aussi retournait-elle chez elle plus affligée encore. Là, sa seule consolation était de rester dans son petit jardin et d'entourer de ses bras la belle statue de marbre qui ressemblait au prince, mais de ses fleurs, elle ne s'occupait pas, elles poussaient comme dans un fourré, jusque dans les allées, enlaçant de leurs tiges et de leurs feuilles les branches des arbres si bien qu'il faisait tout sombre.

Finalement, elle n'y tint plus, elle le dit à l'une de ses sœurs, et, aussitôt, toutes les autres l'apprirent, mais personne d'autre qu'elles sinon deux ou trois autres sirènes qui ne le dirent qu'à leurs plus proches amies. L'une de celles-ci savait qui était ce prince, elle aussi avait vu la fête sur le bateau et savait d'où il était, où se trouvait son royaume.

– Viens, petite sœur ! dirent les autres princesses, et les bras autour des épaules l'une de l'autre, elles montèrent en une longue ligne devant l'endroit où elles savaient que se trouvait le château du prince.

Celui-ci était fait d'une sorte de pierres jaune clair et brillantes, avec de grands escaliers de marbre par lesquels on descendait tout droit à la mer. De magnifiques coupoles dorées s'élevaient au-dessus du toit, et entre les piliers qui faisaient tout le tour du bâtiment, il y avait de grandes statues de marbre qui paraissaient vivantes. Par les vitres claires des hautes fenêtres, on plongeait le regard dans les salles magnifiques tendues de rideaux de soie et de tapis, et tous les murs étaient ornés de grands tableaux que c'était un pur plaisir de regarder. Au milieu de la plus grande salle jaillissait un grand jet d'eau dont les rayons montaient très haut vers la coupole de verre à travers laquelle le soleil brillait sur l'eau et sur les superbes plantes qui poussaient dans le grand bassin.

Elle savait maintenant où il habitait et maint soir, mainte nuit, elle y vint par la mer. Elle nageait beaucoup plus près de la terre qu'aucune des autres ne l'avait osé, elle alla même jusque dans le canal étroit, vers la magnifique terrasse de marbre qui projetait une longue ombre sur l'eau. Elle restait là à regarder le jeune prince qui se croyait tout seul dans la limpidité du clair de lune.

Bien des soirs, elle le vit naviguer en musique dans son splendide bateau où flottaient les drapeaux. Elle risquait un regard entre les verts roseaux et si le vent s'en prenait à son long voile et que quelqu'un eût vu cela, on eût pensé que c'était un cygne déployant ses ailes.

Mainte nuit, quand les pêcheurs étaient en mer à la lueur de leurs torches, elle les entendit dire grand bien du jeune prince, elle se réjouissait de lui avoir sauvé la vie alors qu'à demi mort il flottait sur les vagues et elle songeait comme sa tête avait fermement reposé sur sa poitrine et comme elle l'avait tendrement embrassé. Il n'en savait absolument rien, il ne pouvait pas même rêver d'elle.

De plus en plus, elle se mit à aimer les humains, de plus en plus, elle souhaita pouvoir monter parmi eux ; leur monde lui paraissait bien plus vaste que le sien ; car ils étaient capables de voler sur la mer en bateau, de grimper sur les hautes montagnes haut au-dessus des nuages et les terres qu'ils possédaient, avec leurs forêts et leurs champs, s'étendaient bien au-delà de la portée de ses regards. Il y avait tant de choses qu'elle aurait voulu savoir, mais ses sœurs n'avaient pas réponse à tout, aussi interrogea-t-elle la vieille grand-mère qui connaissait bien le monde d'en haut : c'est ainsi qu'à juste titre elle appelait les pays d'au-dessus de la mer.

– Quand les humains ne se noient pas, demanda la petite sirène, peuvent-ils vivre toujours, ne meurent-ils pas, comme nous, ici-bas, dans la mer ?

– Si ! dit la vieille, ils doivent mourir, eux aussi, et leur temps de vie est même plus court que le nôtre. Nous, nous pouvons vivre trois cents ans, et lorsque nous cessons d'exister ici, nous devenons seulement écume sur l'eau, nous n'avons même pas une tombe ici-bas parmi ceux qui nous sont chers. Nous n'avons pas une âme immortelle, nous ne revivons jamais, nous sommes comme le vert roseau, qu'on le coupe une fois, il ne peut reverdir ! En revanche, les humains ont une âme qui vit toujours, qui vit après que le corps est devenu poussière ; elle monte dans l'air limpide jusqu'à toutes les brillantes étoiles ! Tout comme nous émergeons de la mer et voyons les pays des hommes, de même ils montent jusqu'en des lieux inconnus et délicieux que nous ne verrons jamais.

– Pourquoi ne nous a-t-on pas donné une âme immortelle ? disait la petite sirène, affligée. Je donnerais les trois cents années que j'ai à vivre pour être personne humaine un seul jour et avoir part ensuite au monde céleste !

– Il ne faut pas y penser, dit la vieille ; nous avons une vie bien meilleure et plus heureuse que les humains là-haut !

– Il va donc falloir que je meure et que je flotte

comme écume sur la mer, sans entendre la musique des vagues, sans voir les splendides fleurs et le rouge soleil ! Je ne puis donc rien faire pour acquérir une âme éternelle !...

– Non ! dit la vieille ; à moins qu'un homme t'aime tant que tu sois plus pour lui que son père et sa mère ; s'il t'était attaché de toute sa pensée, de tout son amour et qu'il fasse poser par le pasteur[1] sa main droite dans la tienne en te promettant fidélité ici et pour toute l'éternité, son âme s'infuserait dans ton corps et tu participerais aussi au bonheur des hommes. Il te donnerait une âme tout en gardant la sienne. Mais cela ne se fera jamais ! Ce qui, précisément, est splendide, ici dans la mer, ta queue de poisson, on trouve cela affreux là-haut sur la terre, on n'y comprend rien, là-bas, il faut avoir deux piliers grossiers qu'on appelle jambes pour être beau !

La petite sirène soupira et regarda tristement sa queue de poisson.

– Soyons satisfaites, dit la vieille, nous sautons tant et plus pendant les trois cents années que nous avons à vivre, ce n'est tout de même pas mal, ensuite, on n'est que plus satisfait de pouvoir reposer dans sa tombe. Ce soir, nous allons avoir bal à la cour !

1. Pasteur : dans la religion protestante, responsable de la communauté des croyants.

Il faut dire que c'était une splendeur comme on n'en voit jamais sur terre. Les murs et le plafond de la grande salle de danse étaient de verre épais mais diaphane[1]. Plusieurs centaines de coquillages colossaux, rose vif et vert pré, étaient rangés de chaque côté, brûlant d'un feu bleu qui illuminait toute la salle et brillait à travers les murs si bien que la mer au-dehors était tout illuminée, on pouvait voir les innombrables poissons, grands et petits, qui nageaient vers le mur de verre, les écailles de certains brillant d'un éclat pourpre, d'autres paraissant d'argent et d'or… Au milieu de la salle coulait un vaste fleuve sur lequel dansaient les ondins et les sirènes au son délicieux de leurs propres chants. Des voix aussi belles, les humains, sur terre, n'en ont pas. De tous, c'était la petite sirène qui chantait le mieux et on l'applaudissait, et, un instant, elle ressentit de la joie en son cœur car elle savait qu'elle avait la plus belle voix qui fût sur terre et dans la mer ! Mais elle se mit à repenser bientôt au monde au-dessus d'elle ; elle ne pouvait oublier le beau prince et le chagrin qu'elle avait de ne pas posséder, comme lui, une âme immortelle. Aussi se glissa-t-elle hors du château de son père et tandis qu'à l'intérieur tout était chant et liesse[2], elle resta toute

1. Diaphane : qui laisse passer la lumière (mais sans être transparent). **2.** Liesse : joie profonde.

triste dans son petit jardin. Alors, elle entendit le cor[1] sonner à travers l'eau et elle pensa : « Voilà sûrement qu'il vogue là-haut, *lui* que j'aime plus que mon père et ma mère, lui à qui s'attachent mes pensées et dans la main de qui je voudrais poser le bonheur de ma vie. Je risquerai tout pour le conquérir et avoir une âme immortelle ! Pendant que mes sœurs dansent au château de mon père, je vais aller trouver la sorcière de la mer, elle dont j'ai toujours eu si peur, peut-être pourra-t-elle me conseiller et m'aider ! »

Donc, la petite sirène sortit de son jardin et se dirigea vers les tourbillons mugissants derrière lesquels habitait la sorcière. Jamais encore elle n'avait pris ce chemin, il n'y poussait pas de fleurs, pas d'herbes marines, seul, le sol de sable gris et nu s'étendait vers les remous où l'eau, comme une roue de moulin grondante, tourbillonnait, arrachant tout ce qu'elle saisissait pour l'entraîner dans les profondeurs ; il lui fallut traverser ces tourbillons fracassants pour pénétrer dans le domaine de la sorcière et là, sur une longue distance, il n'y avait pas d'autre chemin que celui qui passait au-dessus de la vase chaude et bouillonnante que la sorcière appelait sa tourbière[2]. Sa maison se trouvait derrière, au milieu

1. Cor : instrument à vent semblable à une trompe. 2. Tourbière : matière formée par des végétaux en décomposition.

d'une étrange forêt. Tous les arbres et les buissons étaient des polypes[1], mi-bêtes, mi-plantes, on aurait dit des serpents à cent têtes qui poussaient du sol ; toutes les branches étaient de longs bras visqueux aux doigts comme des vers flexibles, qui remuaient de la racine à l'extrémité. Tout ce dont ils pouvaient s'emparer dans la mer, ils s'enlaçaient autour et ne le lâchaient plus. La petite sirène fut tout effrayée en arrivant dans cette forêt, son cœur battait d'angoisse, pour un peu, elle aurait fait demi-tour, mais, alors, elle pensa au prince et à l'âme humaine et elle prit courage. Elle attacha fermement ses longs cheveux flottants autour de sa tête pour que les polypes ne l'attrapent pas par là, elle joignit les mains sur sa poitrine et s'envola, comme le poisson vole à travers l'eau, parmi les affreux polypes qui tendaient vers elle leurs bras et leurs doigts flexibles. Elle vit comme chacun tenait quelque chose qu'il avait attrapé, des centaines de petits bras le maintenaient comme de solides liens de fer. Des naufragés qui avaient sombré jusqu'en ces profondeurs apparaissaient, squelettes blancs, dans les bras des polypes. Ceux-ci étreignaient des gouvernails, des squelettes d'animaux terrestres et – ce qui fut presque le plus épouvantable pour

1. Polypes : algues munies de tentacules.

elle – une petite sirène qu'ils avaient capturée et étouffée.

Elle arriva alors à un grand espace visqueux dans la forêt où s'ébattaient des couleuvres d'eau, grandes et grasses, en montrant leur répugnant ventre jaunâtre. Au milieu de cet espace se dressait une maison faite de blancs ossements humains échoués : c'est là que siégeait la sorcière de la mer, qui faisait manger un crapaud dans sa propre bouche comme font les humains pour donner du sucre à un petit canari. Ces affreuses et grasses couleuvres d'eau, elle les appelait ses petits poussins et les laissait se vautrer sur sa vaste poitrine spongieuse[1].

– Je sais bien ce que tu veux ! dit la sorcière de la mer ; c'est stupide de ta part ! Tu feras à ta volonté tout de même car elle te mettra dans le malheur, ma charmante princesse. Tu voudrais bien te débarrasser de ta queue pour avoir à la place deux moignons sur lesquels marcher, comme les humains, afin que le jeune prince s'éprenne de toi et que tu puisses l'obtenir, lui et une âme immortelle !...

Ce disant, la sorcière eut un rire si bruyant et si laid que le crapaud et les couleuvres tombèrent par terre où ils se vautrèrent.

1. Spongieuse : qui a la consistance d'une éponge.

– Tu arrives au bon moment, dit la sorcière, demain, quand le soleil se serait levé, il aurait fallu une année entière avant que je puisse t'aider. Je vais te préparer une boisson ; avant que le soleil se lève, tu vas nager jusqu'à terre et l'emporter, tu t'assoiras au bord et la boiras, alors, ta queue se divisera et se rétrécira pour donner ce que les hommes appellent de jolies jambes, mais cela fait mal, c'est comme si une épée acérée[1] te transperçait. Tous ceux qui te verront diront que tu es la plus délicieuse enfant d'un homme qu'ils aient vue ! Tu conserveras ta démarche dansante, aucune danseuse ne pourra marcher en se balançant comme toi, mais à chaque pas que tu feras, ce sera comme si tu marchais sur un couteau tranchant qui ferait couler ton sang. Veux-tu souffrir tout cela et que je t'aide ?

– Oui ! dit la petite sirène d'une tremblante voix, en pensant au prince et à l'âme immortelle qu'elle gagnerait.

– Mais rappelle-toi, dit la sorcière, dès que tu auras pris forme humaine, tu ne pourras jamais plus redevenir sirène ! Jamais tu ne pourras descendre à travers l'eau jusqu'à tes sœurs et au château de ton père, et si tu ne gagnes pas l'amour du prince, de sorte que, pour toi, il oublie père et

1. Acérée : très tranchante.

mère, dépende de toi de toute sa pensée et fasse que le pasteur unisse vos mains pour que vous deveniez mari et femme, alors, tu n'auras pas d'âme immortelle ! Le lendemain matin du jour où il en aura épousé une autre, ton cœur se brisera et tu deviendras écume sur l'eau.

– Je le veux ! dit la petite sirène, pâle comme une morte.

– Mais il faut me payer, moi aussi ! dit la sorcière, et ce que je réclame, ce n'est pas peu de chose. Tu as la plus délicieuse voix de tous ceux qui sont ici au fond de la mer, tu crois sans doute que c'est par elle que tu l'enchanteras, mais cette voix, tu vas me la donner. Je veux le meilleur de ce que tu possèdes pour ma précieuse boisson ! car c'est mon propre sang qu'il faut que j'y mêle pour que cette boisson soit âpre[1] comme une épée à double tranchant !

– Mais si tu prends ma voix, dit la petite sirène, que me restera-t-il ?

– Ta ravissante personne, dit la sorcière, ton allure dansante et tes yeux éloquents[2] : cela suffit pour ensorceler un cœur humain. Eh bien, as-tu perdu courage ! Tends-moi ta petite langue, que je la coupe pour paiement, et tu auras la puissante boisson !

1. Âpre : râpeuse, qui racle la langue. 2. Tes yeux éloquents : tes yeux expressifs.

– Soit ! dit la petite sirène, et la sorcière installa sa marmite pour faire bouillir la boisson magique.

– La propreté est une bonne chose ! dit-elle en récurant la marmite avec les couleuvres dont elle avait fait un nœud. Puis elle s'égratigna la poitrine et fit dégoutter son sang noir, la vapeur prit les formes les plus étranges, il y avait de quoi être terrifié. À chaque instant, la sorcière mettait de nouvelles choses dans la marmite et lorsque ce fut bien bouillant, on eût dit des larmes de crocodile. Enfin, la boisson fut prête, elle avait l'aspect de l'eau la plus pure !

– Voilà ! dit la sorcière en tranchant la langue de la petite sirène qui, maintenant, était muette et ne pouvait ni chanter ni parler.

– Au cas où les polypes voudraient t'attraper quand tu retraverseras ma forêt, dit la sorcière, jette-leur une seule goutte de cette boisson, leurs bras et leurs doigts partiront en mille morceaux !

Mais la petite sirène n'en eut pas besoin, les polypes, effrayés, reculèrent devant elle en voyant la boisson lumineuse qui luisait dans sa main comme si c'était une étoile scintillante. De la sorte, elle eut bientôt traversé la forêt, la tourbière et les tourbillons grondants.

Elle aperçut le château de son père ; les lumières étaient éteintes dans la grande salle de danse ; tout le monde dormait, sûrement, elle n'osa pas aller les voir maintenant qu'elle était muette et qu'elle allait les quitter pour toujours. Ce fut comme si son cœur allait se briser de chagrin. Elle se coula dans son jardin, prit une fleur dans les plates-bandes de chacune de ses sœurs, envoya du bout des doigts mille baisers vers le château et monta à travers la mer bleu sombre.

Le soleil n'était pas encore levé quand elle vit le château du prince et gravit le magnifique escalier de marbre. La lune brillait, d'une merveilleuse clarté. La petite sirène but l'âpre boisson brûlante et ce fut comme si une épée à double tranchant transperçait son corps délicat, elle s'évanouit et resta comme morte. Quand le soleil brilla sur la mer, elle se réveilla et ressentit une douleur aiguë, mais juste devant elle se tenait le ravissant jeune prince, il fixait ses yeux noirs sur elle, de sorte qu'elle baissa les siens et vit que sa queue de poisson avait disparu et qu'elle avait les plus jolies petites jambes blanches que jeune fille pût avoir, mais elle était toute nue, aussi s'enveloppa-t-elle dans sa longue chevelure. Le prince demanda qui elle était et comment elle était arrivée là, et elle, le regarda très doucement, quoique très tristement, de ses yeux bleu foncé, car parler, elle ne le pouvait pas. Alors, il la prit par la main et l'emmena au château. À chaque pas qu'elle faisait, c'était, comme la sorcière l'en avait prévenue, comme si elle foulait des aiguilles acérées[1] et des couteaux affilés, mais elle supportait cela volontiers ; tenant la main du prince, elle marchait, légère comme une bulle, et lui, comme tout le monde, s'émerveillait de sa démarche gracieuse et dansante.

Elle mit de précieux vêtements de soie et de mousseline ; au château, c'était la plus belle de toutes, mais elle était muette, ne pouvait ni chanter ni parler. De charmantes esclaves, vêtues de soie et d'or, s'avancèrent et chantèrent pour le prince et ses royaux parents ; l'une chantait mieux que toutes les autres et le prince applaudit et lui sourit : la petite sirène s'affligea, elle savait qu'elle aurait chanté bien mieux ! Elle pensa : « Oh ! si seulement il savait que, pour être auprès de lui, j'ai cédé ma voix à tout jamais ! »

Puis les esclaves exécutèrent des danses gracieuses et légères aux accents de la plus splendide musique. Alors, la petite sirène leva ses beaux bras blancs, se dressa sur la pointe des pieds et traversa la salle en ondulant, dansa comme personne encore n'avait dansé. À chacun de ses mouvements, sa grâce devenait encore plus visible, et ses yeux parlaient plus profondément au cœur que le chant des esclaves.

1. Acérées : très pointues.

Tout le monde était ravi, le prince surtout, qui l'appela son petit enfant trouvé, et elle dansa de plus belle, bien que chaque fois que son pied touchait le sol, c'était comme si elle foulait des couteaux acérés. Le prince dit qu'elle resterait tout le temps auprès de lui, et elle eut la permission de dormir devant sa porte sur un coussin de velours.

Il lui fit faire un costume d'homme pour qu'elle pût l'accompagner à cheval. Ils chevauchèrent parmi les forêts embaumées où les branches vertes lui frappaient l'épaule et où les oiselets chantaient derrière le frais feuillage. Elle escalada les hautes montagnes avec le prince et ses pieds délicats avaient beau saigner au point que les autres s'en apercevaient, elle s'en riait et suivait le prince jusqu'à ce qu'ils voient les nuages voguer en dessous d'eux comme une bande d'oiseaux partis pour des pays étrangers.

Au château du prince, la nuit, quand les autres dormaient, elle sortait sur le vaste escalier de marbre, se tenait dans l'eau froide de la mer qui rafraîchissait ses pieds brûlants, et, alors, elle pensait à ceux d'en bas, dans les profondeurs.

Une nuit, ses sœurs arrivèrent, bras dessus, bras dessous, elles chantaient avec grand chagrin tout en nageant à la surface, et elle leur fit signe, elles la reconnurent et dirent à quel point elle les avait attristées, toutes. Ensuite, elles vinrent lui rendre visite chaque nuit, et, une nuit, elle vit, loin au large, sa vieille grand-mère qui, pendant bien des années, n'était pas montée à la surface, ainsi que le roi de la mer, couronne sur la tête : ils tendaient les mains vers elle sans oser approcher de la terre autant que ses sœurs.

De jour en jour, elle devenait plus chère au prince, il l'aimait comme on peut aimer un bon enfant chéri, mais faire d'elle sa reine, l'idée ne lui en venait pas, or, il fallait qu'elle devînt sa femme, sinon, elle n'aurait pas une âme immortelle, le matin du jour où il célébrerait ses noces, elle deviendrait écume sur la mer.

« N'est-ce pas moi que, de toutes, tu aimes le plus ! » semblaient dire les yeux de la petite sirène quand il la prenait dans ses bras en embrassant son beau front.

– Si ! c'est toi qui m'es la plus chère, disait le prince, car c'est toi qui as le meilleur cœur, c'est toi qui m'es le plus dévouée et tu ressembles à une jeune fille que j'ai vue un jour, mais que je ne retrouverai sûrement jamais. J'étais sur un bateau qui fit naufrage, les vagues me jetèrent à la côte près d'un temple sacré desservi par quelques jeunes filles, la plus jeune me trouva sur le rivage et me sauva la vie, je ne la vis que deux fois ; c'est la seule que je pourrais aimer en ce monde, mais tu lui ressembles, tu évinces[1] presque son image de mon âme, elle appartient au temple sacré, c'est pour cela que la bonne fortune t'a envoyée à moi, jamais nous ne nous quitterons !...

« Hélas ! il ne sait pas que c'est moi qui lui ai sauvé la vie, pensa la petite sirène, je l'ai porté sur la mer jusqu'à la forêt où se trouve le temple, j'étais derrière l'écume et je regardais si personne n'allait venir ! J'ai vu la belle fille qu'il aime plus que moi ! » et la sirène soupira profondément : pleurer, elle ne le pouvait pas. « Cette fille appartient au temple sacré, a-t-il dit, elle ne viendra jamais en ce monde, ils ne se rencontreront plus, je suis auprès de lui, je le vois chaque jour, je le soignerai, l'aimerai, lui sacrifierai ma vie ! »

Et voilà que le prince va se marier et épouser la charmante fille du roi voisin, racontait-on, c'est pour cela qu'il équipe si magnifiquement un bateau ! Le prince s'en va voir les terres du roi voisin, à ce que l'on dit, mais c'est pour voir la fille du roi voisin, il va emmener une grande escorte. Mais la petite sirène secouait la tête en riant, elle connaissait les pensées du prince bien mieux que tous les autres.

– Il faut que je m'en aille ! lui avait-il dit, il faut que je voie la belle princesse, mes parents l'exigent,

1. Évinces : remplaces.

mais me forcer à l'amener ici en qualité de fiancée, ils ne le veulent pas ! Je ne puis l'aimer, elle ne ressemble pas, comme toi, à la belle fille du temple. Si je devais choisir une fiancée, ce serait plutôt toi, ma muette enfant trouvée aux yeux qui parlent !

Et il baisait sa bouche rouge, jouait avec sa longue chevelure et posait la tête contre son cœur qui rêvait de bonheur humain et d'âme immortelle.

– Tu n'as tout de même pas peur de la mer, mon enfant muette ! dit-il quand ils furent sur le magnifique bateau qui devait le conduire au pays du roi voisin ; et il lui parla de tempête et de calme plat, d'étranges poissons des profondeurs et de ce que les plongeurs y avaient vu, et elle sourit de son récit, elle savait mieux que personne, bien entendu, ce qu'il y avait au fond de la mer.

Dans la nuit, au clair de lune, alors que tout le monde dormait à l'exception du timonier qui était à la barre, elle se tenait au bastingage, regardant fixement dans l'eau limpide, et il lui sembla voir le château de son père : tout en haut se tenait la vieille grand-mère, sa couronne d'argent sur la tête, qui levait les yeux à travers les violents courants, vers la quille du bateau. Alors, ses sœurs arrivèrent à la surface, elles la regardèrent tristement en tordant leurs mains blanches, elle leur fit signe, sourit et voulut dire que tout allait bien et heureusement pour elle, mais le mousse[1] s'approcha d'elle et ses sœurs plongèrent si bien qu'il crut que le blanc qu'il avait vu était de l'écume sur la mer.

Le lendemain matin, le bateau entra dans le port de la superbe ville du roi voisin. Toutes les cloches des églises carillonnaient, des hautes tours, on sonnait de la trompette tandis que les soldats, bannières au vent et baïonnettes scintillantes, formaient les rangs. C'était fête chaque jour. Bals et dîners se succédaient, mais la princesse n'était pas encore là, elle était élevée loin de là dans un temple sacré, disait-on, elle y apprenait toutes les vertus royales.

Enfin, elle arriva.

La petite sirène languissait de voir sa beauté[2] et elle dut le reconnaître, elle n'avait jamais vu personne plus gracieuse. Sa peau était délicate et rose, et derrière de longs cils noirs souriaient deux yeux fidèles, brun foncé !

– C'est toi, dit le prince, toi qui m'as sauvé lorsque je gisais comme un cadavre sur la côte ! et il serra dans ses bras sa rougissante fiancée. Oh ! je suis trop heureux ! dit-il à la petite sirène. Ce

1. Mousse : apprenti marin. 2. La petite sirène languissait de voir sa beauté : elle était impatiente de voir sa beauté.

que je n'aurais jamais osé espérer de mieux s'est accompli pour moi. Tu vas te réjouir de mon bonheur car c'est toi qui, de tous, m'aimes le plus !

Et la petite sirène lui baisa la main et il lui sembla sentir que, déjà, son cœur se brisait. Car le matin des noces du prince lui apporterait la mort et la transformerait en écume sur la mer.

Toutes les cloches des églises sonnaient, les hérauts[1] chevauchaient par les rues, proclamant les fiançailles. Sur tous les autels[2] brûlaient des huiles parfumées dans de précieuses lampes d'argent. Les pasteurs balancèrent des encensoirs, les fiancés se tendirent la main et reçurent la bénédiction de l'évêque. La petite sirène, vêtue de soie et d'or, tenait la traîne de la fiancée mais ses oreilles n'entendaient pas la musique de fête, ses yeux ne voyaient pas la sainte cérémonie, elle pensait à la nuit de sa mort, à tout ce qu'elle avait perdu en ce monde.

Le soir même, les mariés montèrent à bord du bateau, les canons tonnèrent, tous les drapeaux flottaient. Au milieu du bateau fut dressée une précieuse tente d'or et de pourpre, avec les coussins les plus magnifiques : c'est là que les jeunes mariés dormiraient, dans la nuit claire et fraîche.

Les voiles se gonflèrent au vent et le bateau

1. Hérauts : messagers royaux. 2. Autel : table sur laquelle on célèbre la messe.

glissa, léger, presque sans remuer sur la mer limpide.

Quand il fit noir, on alluma des lampes multicolores et les marins dansèrent joyeusement sur le pont. Il fallut bien que la petite sirène pense à la première fois où elle avait émergé et vu la même splendeur et la même joie, et elle se joignit à la danse dans un tourbillon, flottant comme flotte le cygne quand il est poursuivi, et tout le monde exulta [1] d'admiration pour elle, jamais elle n'avait dansé aussi superbement, ses pieds délicats étaient lacérés comme par des couteaux tranchants, mais elle ne le sentait pas ; son cœur était plus douloureusement meurtri. Elle savait que c'était le dernier soir qu'elle le voyait, lui pour qui elle avait abandonné sa famille et son foyer, donné sa ravissante voix et souffert quotidiennement de tourments infinis sans qu'il y eût pensé. C'était la dernière nuit, elle respirait le même air que lui, voyait la mer profonde et le ciel bleu étoile, une nuit éternelle, sans pensées, sans rêves, l'attendait, elle qui n'avait pas d'âme, qui ne pourrait en acquérir une. Et tout fut joie et gaieté sur le bateau jusque longtemps après minuit, elle rit et dansa, la pensée de la mort dans le cœur. Le prince embrassait sa charmante épouse, et elle,

1. Exulta d'admiration : était transporté par l'enthousiasme.

jouait avec ses cheveux noirs, et, se tenant par le bras, ils allèrent se reposer dans la magnifique tente.

Ce fut le silence et le calme sur le bateau, seul, le pilote se tenait à la barre, la petite sirène posa ses bras blancs sur le bastingage et regarda vers l'est, cherchant l'aube : elle savait que le premier rayon du soleil la tuerait. Alors, elle vit ses sœurs monter de la mer, elles étaient pâles, comme elle ; leur belle longue chevelure ne flottait plus au vent, elle était coupée.

– Nous l'avons donnée à la sorcière pour qu'elle fasse en sorte que tu ne meures pas cette nuit ! Elle nous a donné un couteau, le voici ! Vois-tu comme il est acéré ? Avant que le soleil se lève, il faut que tu l'enfonces dans le cœur du prince, et lorsque son sang chaud rejaillira sur tes pieds, ils se rassembleront en une queue de poisson et tu redeviendras une sirène, tu pourras descendre dans l'eau, jusqu'à nous, et vivre tes trois cents ans avant de devenir l'écume morte de la mer salée. Dépêche-toi ! Il faut que l'un meure, lui ou toi, avant que le soleil se lève ! Notre vieille grand-mère a tant de chagrin que ses cheveux blancs sont tombés, tout comme les nôtres sont tombés sous les ciseaux de la sorcière. Tue le prince et reviens ! Dépêche-toi, vois-tu cette raie rouge dans le ciel ? Dans quelques minutes, le soleil se lèvera et alors, tu devras mourir ! » et elles poussèrent un soupir merveilleusement profond, puis sombrèrent dans la vague.

La petite sirène écarta le rideau de pourpre de la tente, et elle vit dormir la charmante mariée, la tête contre la poitrine du prince, et elle se pencha, embrassa le prince sur son beau front, regarda le ciel où l'aube luisait de plus en plus, regarda le couteau acéré et, de nouveau, fixa les yeux sur le prince qui, dans son rêve, prononçait le nom de son épouse : elle seule occupait ses pensées, et le couteau trembla dans la main de la sirène… mais alors, elle le jeta loin dans les vagues, qui se mirent à luire, toutes rouges, à l'endroit où il tomba, on eut l'impression que des gouttes de sang perlaient à la surface de l'eau ; une fois encore, les yeux à demi éteints, elle regarda le prince, puis se précipita du navire dans la mer, et elle sentit son corps se dissoudre en écume.

Et le soleil monta de la mer. Ses rayons tombèrent, bien doucement, bien chaudement, sur l'écume de la mer froide et morte, et la petite sirène ne sentit pas la mort, elle vit le clair soleil, au-dessus d'elle planaient des centaines de charmantes créatures transparentes. À travers elles, elle apercevait les voiles blanches du bateau et les rouges nuages du ciel ; leurs voix étaient mélodie, mais si immatérielles qu'aucune oreille humaine ne pouvait les entendre, tout comme aucun œil terrestre n'eût pu les voir ; elles planaient dans l'air, sans ailes, sous l'effet de leur propre légèreté. La petite sirène vit qu'elle avait un corps comme elles, qui s'élevait de l'écume, de plus en plus.

– Je vais vers qui ? dit-elle, et sa voix eut le même timbre que celle des autres êtres, si immatérielle qu'aucune musique terrestre ne peut la rendre.

– Vers les filles de l'air ! répondirent les autres. La sirène n'a pas d'âme immortelle, n'en aura jamais à moins de conquérir l'amour d'un être humain ! Son existence éternelle dépend d'un pouvoir étranger. Les filles de l'air non plus n'ont pas d'âme éternelle, mais elles peuvent s'en créer une par leurs bonnes actions. Nous volons vers les pays chauds où l'air pestiféré[1] et suffocant tue les humains ; nous y soufflons la fraîcheur. Nous répandons parmi l'air le parfum des fleurs et envoyons réconfort et guérison. Quand nous nous sommes évertuées[2] à faire tout le bien que nous pouvons, pendant trois cents ans, nous obtenons alors une âme immortelle et participons au bonheur éternel des humains. Toi, pauvre petite sirène, tu t'es efforcée de tout ton cœur de faire la même chose que nous, tu as souffert et enduré ta peine et tu t'es haussée jusqu'au monde des esprits aériens ;

1. Pestiféré : infecté. 2. Évertuées : appliquées.

maintenant, par tes bonnes actions, tu peux te créer une âme immortelle d'ici trois cents ans.

Et la petite sirène leva ses bras clairs vers le soleil de Dieu, et, pour la première fois, elle sentit couler ses larmes.

Sur le bateau, il y avait de nouveau de la vie et du bruit, elle vit le prince, avec sa belle mariée, se mettre à sa recherche ; mélancoliques, ils regardaient l'écume bouillonnante comme s'ils savaient qu'elle s'était précipitée dans les vagues. Invisible, elle embrassa le front de la mariée, fit un sourire au prince et monta avec les autres enfants de l'air sur le nuage rose qui voguait dans l'atmosphère.

– Dans trois cents ans, nous entrerons ainsi au royaume de Dieu !

– Et nous pouvons y arriver plus tôt aussi ! chuchota l'une d'elles. Invisibles, nous pénétrons dans les maisons humaines où il y a des enfants, et pour chaque jour où nous trouvons un bon enfant qui donne de la joie à ses parents et mérite leur amour, Dieu écourte notre temps d'épreuve. L'enfant ne sait pas quand nous volons à travers la salle, et s'il nous inspire un sourire de joie, une année nous est enlevée sur les trois cents, mais si nous voyons un vilain enfant méchant, force nous est de pleurer de tristesse et chaque larme ajoute un jour à notre temps d'épreuve… !

Les habits neufs de l'empereur

Il y a bien des années, vivait un empereur qui raffolait tellement de beaux habits neufs qu'il dépensait tout son argent pour être vraiment bien habillé. Il n'avait cure de ses soldats[1], ne se souciait pas d'aller au théâtre ou de se faire voiturer en forêt, sinon pour montrer ses habits neufs. Il avait une tenue pour chaque heure du jour, et tout comme on dit d'un roi : « Il est au Conseil », on disait toujours de lui : « L'empereur est dans sa garde-robe. »

Dans la grande ville où il habitait, il se passait beaucoup de choses amusantes, chaque jour arrivaient de nouveaux étrangers. Un jour, vinrent deux escrocs, ils se firent passer pour tisserands et dirent qu'ils s'entendaient à tisser l'étoffe la plus

1. Il n'avait cure de ses soldats : il ne se souciait pas d'eux.

extraordinaire que l'on pût imaginer. Non seulement les couleurs et le dessin en étaient d'une beauté peu commune, mais les habits taillés dans cette étoffe avaient la merveilleuse propriété d'être invisibles pour quiconque n'était bon à rien dans son emploi ou encore était d'une bêtise inadmissible.

« Voilà bien des habits formidables, pensa l'empereur ; en les portant, je pourrai découvrir qui, dans mon royaume, est bon à rien dans son emploi, je pourrai distinguer les gens intelligents des imbéciles ! oui ! il faut me tisser cette étoffe tout de suite ! » et il versa des arrhes[1] élevées aux deux escrocs pour qu'ils commencent leur travail.

Et c'est ce qu'ils firent : ils installèrent deux métiers à tisser, firent comme s'ils travaillaient, mais ils n'avaient absolument rien sur le métier. Sans plus, ils réclamèrent la soie la plus fine et l'or le plus magnifique ; ils mirent cela dans leur sac et travaillèrent sur les métiers vides, et ce, jusque bien avant dans la nuit.

« Je voudrais tout de même bien savoir où ils en sont de leur étoffe ! » pensait l'empereur, mais il se sentait un peu gêné à l'idée que quiconque était stupide ou convenait mal à son emploi ne pourrait la voir ; bien sûr, il considérait qu'il

1. Arrhes : ici, somme d'argent versée en acompte avant la fin du travail.

n'avait pas besoin d'avoir peur pour lui-même, mais il voulut tout de même d'abord envoyer quelqu'un voir comment les choses se présentaient. Dans toute la ville, tout le monde savait la merveilleuse vertu de cette étoffe, et chacun était ardent de voir comme son voisin était incapable ou stupide.

« Je vais envoyer aux tisserands mon brave vieux ministre, pensa l'empereur, c'est lui qui pourra le mieux voir quel effet produit cette étoffe, car il a de l'entendement[1] et personne ne remplit sa fonction mieux que lui… »

Donc, le vieux ministre habile entra dans la salle où les deux escrocs étaient en train de travailler à leurs métiers vides. « Dieu nous garde ! » pensa le vieux ministre en ouvrant de grands yeux, « mais je ne vois rien du tout ! » Seulement, il ne le dit pas.

Les deux escrocs le prièrent d'avoir la bonté de s'approcher et demandèrent si ce n'était pas là un joli dessin et de ravissantes couleurs. Puis ils montrèrent le métier vide et le pauvre vieux ministre continua d'écarquiller les yeux, mais il ne pouvait rien voir puisqu'il n'y avait rien.

– Seigneur Dieu ! pensa-t-il, serais-je stupide ! Je ne l'aurais jamais cru, et personne ne doit le

1. Il a de l'entendement : il a de la raison, il est intelligent.

savoir ! Est-ce que je ne vaudrais rien dans ma fonction ? Non, raconter que je ne peux voir cette étoffe, ce n'est pas possible !

– Eh bien, vous n'en dites rien ! dit l'un, tout en tissant.

– Oh ! c'est joli ! C'est tout à fait ravissant ! dit le vieux ministre en mettant ses lunettes pour regarder, ce dessin, ces couleurs... ! Oui, je dirai à l'empereur que ça me plaît extrêmement !

– Eh bien, ça nous fait plaisir ! dirent les deux tisserands, et ils donnèrent le nom des couleurs et expliquèrent l'étrange dessin. Le vieux ministre écouta attentivement afin de pouvoir dire la même chose quand il reviendrait trouver l'empereur, et c'est ce qu'il fit.

Alors, les escrocs demandèrent encore de l'argent, encore de la soie et de l'or dont ils se servi-raient pour le tissage. Ils fourraient tout dans leurs poches, pas un seul fil n'arriva sur le métier, ils continuèrent, comme devant, à tisser sur le métier vide.

Bientôt, l'empereur envoya un autre fonctionnaire avisé pour voir comment se passait le tissage et si l'étoffe serait bientôt prête. Il en alla de lui comme de l'autre, il regarda, regarda ; comme il n'y avait rien que le métier vide, il ne put rien voir.

– Eh bien, est-ce que ce n'est pas une belle pièce

d'étoffe ! dirent les deux escrocs en montrant et en détaillant le splendide dessin qui n'existait simplement pas.

« Stupide, je ne le suis pas, pensa l'homme, c'est donc dans mon bon emploi que je ne vaux rien ? Voilà qui est bien risible ! Mais ça, il ne faut pas qu'on s'en rende compte ! » et donc, il loua[1] l'étoffe qu'il ne voyait pas et les assura de sa joie de voir les belles couleurs et le splendide dessin.

– Oui, c'est tout à fait magnifique ! dit-il à l'empereur.

En ville, tout le monde parlait de la superbe étoffe.

Alors, l'empereur en personne voulut la voir pendant qu'elle était encore sur le métier. Avec toute une cohorte[2] d'hommes choisis, dont les deux fonctionnaires avisés qui étaient déjà venus, il alla trouver les deux escrocs rusés qui tissaient maintenant de toutes leurs forces, mais sans le moindre fil.

– Eh bien, n'est-ce pas magnifique ! dirent les deux honnêtes fonctionnaires. Votre Majesté veut-elle voir ce dessin, ces couleurs ! et ils montraient le métier vide, croyant que les autres, certainement, pouvaient voir l'étoffe.

« Comment cela, pensa l'empereur, je ne vois

1. Loua : vanta les qualités. 2. Cohorte : groupe.

rien ! C'est tout de même effrayant ! Est-ce que je suis stupide ? Est-ce que je ne vaux rien comme empereur ? C'est ce qui pourrait m'arriver de plus épouvantable ! Oh ! c'est très beau ! dit l'empereur, j'approuve au dernier degré ! » et il fit un signe de tête satisfait en contemplant le métier vide : il ne voulait pas dire qu'il n'apercevait rien. Toute son escorte regardait, regardait sans en tirer rien de plus que tous les autres, mais ils dirent, comme l'empereur : « Oh ! c'est très beau ! » et ils lui conseillèrent de porter ces magnifiques habits neufs pour la première fois au grand défilé qui se préparait. « C'est magnifique ! ravissant, parfait ! » disait-on en chœur, et tout le monde en était sincèrement satisfait. À chacun des escrocs, l'empereur donna une croix de chevalier à accrocher à sa boutonnière, avec le titre de damoiseau-tisserand.

Toute la nuit d'avant la matinée du défilé, les escrocs restèrent debout, ayant allumé plus de seize lampes. Les gens pouvaient voir qu'ils s'affairaient fort à terminer les habits neufs de l'empereur. Ils faisaient comme s'ils enlevaient l'étoffe du métier, ils taillaient dans l'air avec de grands ciseaux, ils cousaient avec des aiguilles, sans fil, et dirent finalement :

– Voilà, les habits sont terminés !

L'empereur, avec ses chevaliers les plus distingués,

vint en personne, et les deux escrocs levèrent un bras en l'air comme s'ils tenaient quelque chose, en disant : « Voyez ! voilà le pantalon ! voilà l'habit ! voilà le manteau ! » et ainsi de suite. « C'est aussi léger qu'une toile d'araignée ! On croirait que l'on n'a rien sur le corps, mais c'est précisément cela, la vertu de cette étoffe !

– Oui ! dirent tous les chevaliers, mais ils ne pouvaient rien voir puisqu'il n'y avait rien.

– Votre Majesté Impériale veut-elle avoir l'extrême bonté de se déshabiller ! dirent les escrocs, pour que nous lui passions les habits neufs, ici, devant ce grand miroir !

L'empereur ôta tous ses vêtements et les escrocs se comportèrent comme s'ils lui donnaient, pièce après pièce, les nouveaux habits prétendument cousus, et l'empereur se tourna et se retourna devant le miroir.

– Dieu ! comme ils vous habillent bien ! Comme ils tombent parfaitement ! dirent-ils tous. Quel dessin ! Quelles couleurs ! Voilà un précieux costume... !

– Les gens qui doivent porter le dais[1] au-dessus de Votre Majesté pendant le défilé sont là, dehors ! dit le grand maître des cérémonies.

1. Dais : pièce d'étoffe tendue de manière à former une sorte de plafond au-dessus d'un personnage important.

– Mais oui, je suis prêt, dit l'empereur. Est-ce que ça ne me va pas bien ? et il se tourna encore une fois devant le miroir, car il s'agissait maintenant de faire comme s'il contemplait comme il faut sa parure.

Les chambellans[1] qui devaient porter la traîne tâtonnèrent sur le plancher comme s'ils la relevaient, ils allèrent mains en l'air, n'osant pas faire remarquer qu'ils ne voyaient rien.

Puis l'empereur défila sous le dais magnifique et tout le monde, dans la rue et aux fenêtres, disait :

– Dieu ! comme les habits neufs de l'empereur sont incomparables ! Quelle ravissante traîne il a à son habit ! Comme elle fait merveilleux effet !

Personne ne voulait laisser remarquer qu'il ne voyait rien, car alors, n'est-ce pas, c'est qu'il n'aurait rien valu dans son emploi ou qu'il aurait été très stupide. Jamais les habits de l'empereur n'avaient obtenu un tel succès.

– Mais voyons, il n'a rien sur lui, dit un petit enfant.

– Seigneur Dieu, écoutez la voix de cet innocent, dit son père. Et l'on se chuchota de l'un à l'autre ce que disait cet enfant.

– Mais voyons, il n'a rien sur lui, cria finalement tout le peuple. L'empereur frissonna car il

1. Chambellans : personnes de la cour au service de la chambre du roi.

lui semblait bien qu'ils avaient raison, mais il se dit quelque chose comme : « Il faut que je défile jusqu'au bout. » Et les chambellans allèrent, portant la traîne qui n'existait pas.

L'intrépide[1] soldat de plomb

Il y avait une fois vingt-cinq soldats de plomb. Ils étaient tous frères car ils étaient nés d'une vieille cuiller de plomb. Ils avaient le fusil au bras, faisaient la même figure et, pour leur uniforme, rouge et bleu, il avait bon effet. La première chose qu'ils entendirent en ce monde, quand le couvercle de la boîte où ils étaient couchés fut enlevé, ce fut : « Des soldats de plomb ! » : c'était ce que criait un petit garçon en battant des mains. On les lui avait donnés pour son anniversaire et il les aligna sur la table. Chacun était le vivant portrait de l'autre, il n'y en avait qu'un pour être un peu différent : il n'avait qu'une jambe parce que c'était lui qui avait été fondu le dernier et il ne restait plus assez de plomb. Pourtant, il se

1. Intrépide : courageux, audacieux.

tenait aussi ferme sur son unique jambe que les autres sur deux et c'est précisément lui qui va mériter notre attention.

Sur la table où on les avait alignés, il y avait beaucoup d'autres jouets, mais ce qui frappait le plus le regard, c'était un joli château de carton. Par les petites fenêtres, on apercevait les salles. Dehors, de petits arbres entouraient un petit miroir qui tenait lieu de lac ; des cygnes de cire y nageaient et s'y miraient. L'ensemble était charmant, mais le plus charmant était encore une petite demoiselle qui se tenait dans l'embrasure de la porte du château. Elle aussi était découpée dans du carton, mais elle portait une jupe de linon transparent et un mince petit ruban bleu sur l'épaule qui faisait comme une écharpe, avec, au beau milieu, une paillette aussi grande que son visage. La petite demoiselle étendait les deux bras, car c'était une danseuse, et elle levait l'une de ses jambes si haut que le soldat de plomb ne la découvrit pas et crut qu'elle n'avait qu'une jambe, comme lui.

« Voilà une femme pour moi, pensa-t-il, mais elle est distinguée, elle habite au château, moi, je n'ai qu'une boîte et nous sommes vingt-cinq dedans, ce n'est pas un endroit pour elle. Il faut tout de même que je tâche de faire sa connaissance ! » Il s'étendit de tout son long derrière une tabatière qui se trouvait sur la table. Là, il put regarder la petite dame délicate qui continuait de se tenir sur une jambe sans perdre l'équilibre.

Quand la soirée fut avancée, tous les autres soldats de plomb entrèrent dans leur boîte et les gens de la maison allèrent au lit. Alors, les jouets se mirent à jouer, à organiser des réceptions, à faire la guerre, à danser. Les soldats de plomb cliquetaient dans leur boîte, ils auraient voulu en être mais ils ne parvenaient pas à enlever le couvercle. Le casse-noisettes faisait des culbutes, le crayon écrivait des plaisanteries sur l'ardoise. C'était un tel vacarme que le canari se réveilla et entama la conversation, et en vers, qui plus est. Les deux seuls qui ne bougeaient pas, c'étaient le soldat de plomb et la petite danseuse : elle, se tenait bien droite sur la pointe du pied, les deux bras étendus, lui, était tout aussi intrépide sur son unique jambe, pas un instant il ne détachait d'elle son regard.

Minuit sonna et clac ! le couvercle de la tabatière sauta. Or il n'y avait pas de tabac dedans, non, mais un petit troll[1] noir, c'était une boîte à surprise !

– Soldat de plomb, dit le troll, veux-tu regarder ailleurs !

1. Troll : lutin malveillant propre aux légendes scandinaves.

Mais le soldat de plomb fit comme s'il n'entendait pas.

– Fort bien, attends demain ! dit le troll.

Quand ce fut le matin et que les enfants arrivèrent, on posa le soldat de plomb à la fenêtre, et, est-ce que ce fut le troll ou un courant d'air, la fenêtre s'ouvrit soudain et le soldat tomba, tête la première, du deuxième étage. La vitesse fut épouvantable, il avait la jambe en l'air, il se retrouva tout droit sur sa casquette, sa baïonnette enfoncée entre deux pavés.

La bonne et le petit garçon descendirent aussitôt le chercher. Mais ils eurent beau manquer lui marcher dessus, ils ne l'aperçurent pas. Si le soldat de plomb avait crié : « Je suis ici ! », ils l'auraient sûrement trouvé, mais il estima inconvenant de crier puisqu'il était en uniforme.

Et voilà qu'il se mit à pleuvoir, les gouttes tombaient de plus en plus dru, c'était une sérieuse averse. Lorsqu'elle fut passée, deux gamins arrivèrent.

– Regarde donc, dit l'un, voilà un soldat de plomb ! On va le faire naviguer !

Avec un journal, ils firent un bateau, y mirent le soldat de plomb et le voilà qui descend le caniveau. Les deux garçons couraient à côté en battant des mains. Dieu ! les vagues qu'il y avait dans ce caniveau, et quel courant ! Il faut dire aussi qu'il avait plu à verse. Le bateau de papier tanguait, virant parfois de bord, si brusquement que le soldat de plomb en tremblait. Mais il restait intrépide, ne changeait pas d'expression, regardait bien droit et gardait l'arme au bras.

Tout à coup, le bateau passa sous une longue dalle recouvrant le caniveau. Il y faisait aussi noir que s'il avait été dans sa boîte.

« Où est-ce que je vais arriver, pensa-t-il, ouais, c'est de la faute du troll ! Ah ! si seulement la petite demoiselle était dans ce bateau, il pourrait bien faire deux fois plus noir encore, ça me serait égal ! »

À cet instant surgit un gros rat d'égout qui logeait sous la dalle.

– Tu as un passeport ? demanda le rat. Montre-le !

Le soldat de plomb se tut et serra encore plus son fusil. Le bateau cingla[1], suivi du rat. Hou ! comme il grinçait des dents, criant aux bouts de bois, aux brins d'herbe :

– Arrêtez-le ! arrêtez-le ! Il n'a pas payé la douane ! il n'a pas montré son passeport !

Mais le courant devenait de plus en plus fort ! Le soldat de plomb apercevait déjà la lumière du jour à l'endroit où finissait la dalle, devant, mais

1. Cingla : navigua.

il entendait aussi un grondement bien capable d'effrayer un brave. Pensez donc ! à l'endroit où finissait la dalle, le ruisseau se précipitait dans un grand canal. Pour le soldat, ce serait aussi dangereux que, pour nous, d'être entraînés dans une grande cascade.

Et il en était si près déjà qu'il ne pouvait s'arrêter. Le bateau fut projeté, le pauvre soldat de plomb se tint aussi raide qu'il put, personne ne pourrait lui reprocher d'avoir battu des cils. Le bateau tournoya trois ou quatre fois et se remplit d'eau jusqu'au bord, il ne pouvait que couler. Le soldat de plomb avait de l'eau jusqu'au cou, le bateau ne cessait de s'enfoncer, le papier se défaisait de plus en plus. Maintenant, le soldat avait de l'eau par-dessus la tête... alors, il pensa à la charmante petite danseuse qu'il ne verrait jamais plus ; et une chanson résonna aux oreilles du soldat de plomb :

Passe, passe, passera,
La dernière, la dernière,
Passe, passe, passera,
La dernière restera !

Et le papier creva, et le soldat de plomb le transperça... pour être, au même instant, avalé par un gros poisson.

Oh ! comme il faisait noir là-dedans ! C'était encore pire que sous la dalle du caniveau, et puis on était tellement à l'étroit. Mais le soldat de plomb était intrépide, il s'étendit de tout son long, l'arme au bras…

Le poisson frétilla, il fit les mouvements les plus épouvantables ; finalement, il resta tout à fait immobile, il fut traversé comme d'un éclair. Il y eut une lumière très claire et quelqu'un s'écria :

– Un soldat de plomb !

Le poisson avait été pêché, apporté au marché, vendu et parvenu à la cuisine où la bonne l'ouvrait avec un grand couteau. Entre deux doigts, elle prit le soldat par la taille et le porta au salon où tout le monde voulait voir un homme aussi remarquable qui avait voyagé dans le ventre d'un poisson. Mais le soldat de plomb n'était pas fier du tout. On le posa sur la table et… vraiment, comme il peut se passer de drôles de choses en ce monde ! Le soldat de plomb se retrouvait dans le salon même où il avait déjà été, car il vit les mêmes enfants, et, sur la table, les mêmes jouets ; le joli château avec la charmante petite danseuse : elle se tenait encore sur une seule jambe et levait l'autre très haut, elle aussi était intrépide. Le soldat de plomb en fut ému, il fut sur le point de pleurer, mais ce n'était pas convenable. Il la regarda et elle le regarda, mais ils ne dirent rien.

À cet instant, l'un des petits garçons prit le soldat et le jeta dans le poêle, sans donner aucune raison : c'était sûrement le troll de la tabatière qui en était cause.

Le soldat de plomb était tout ébloui et ressentit une chaleur épouvantable, mais sans savoir si cela venait réellement du feu ou de l'amour. Il avait perdu ses couleurs : personne n'aurait pu dire si cela s'était produit pendant son voyage ou si c'était de chagrin. Il regardait la petite demoiselle, elle le regardait, il se sentait fondre mais il restait encore intrépide, le fusil au bras. Alors, une porte s'ouvrit, le vent s'empara de la danseuse qui vola comme une sylphide[1] tout droit dans le poêle auprès du soldat de plomb, s'enflamma et disparut ; puis le soldat de plomb fondit, devint un petit bloc de plomb et, le lendemain, quand la bonne enleva les cendres, elle le trouva sous forme d'un petit cœur de plomb. De la danseuse, en revanche, il ne restait que la paillette calcinée, noire comme du charbon.

1. Sylphide : génie féminin, pourvu d'ailes, qui se caractérise par sa grâce.

Le vilain petit canard

Il faisait si bon à la campagne. C'était l'été, les blés étaient jaunes, l'avoine, verte, on avait mis le foin en meules dans le pré, la cigogne y déambulait sur ses longues pattes rouges en parlant égyptien car elle avait appris cette langue de sa mère. Autour des champs et des prés, il y avait de grandes forêts et, au milieu de ces forêts, des lacs profonds. Oh oui ! il faisait vraiment bon à la campagne ! En plein soleil, s'étendait un vieux manoir entouré de douves[1] profondes, de ses murailles jusqu'à l'eau poussaient de grandes feuilles d'oseilles, si hautes que les petits enfants pouvaient se tenir debout sous les plus grandes. Il y avait autant de fouillis là-dedans que dans la forêt la plus épaisse et, là, il y avait une cane dans son nid. Elle couvait ses canetons qui allaient éclore[2], elle commençait à en avoir assez parce

1. Douves : fossés. 2. Éclore : sortir de l'œuf.

que cela durait si longtemps et qu'elle recevait rarement de la visite. Les autres canards aimaient mieux nager dans les douves que de monter courir s'asseoir sous une feuille d'oseille pour bavarder avec elle.

Enfin, les œufs s'ouvrirent l'un après l'autre, ils faisaient « pip ! pip ! », tous les jaunes d'œufs étaient devenus vivants et sortaient la tête.

– Coin-coin ! dit-elle, et ils cancanèrent tous tant qu'ils purent, regardant de tous côtés sous les feuilles vertes, et leur mère les laissa regarder autant qu'ils voulaient car le vert est bon pour les yeux.

– Comme le monde est grand tout de même ! dirent tous les petits. C'est qu'ils avaient vraiment bien plus de place que lorsqu'ils étaient dans l'œuf.

– Croyez-vous que ce soit là le monde entier, dit la mère : il s'étend bien loin de l'autre côté du jardin, jusqu'au champ du pasteur ! Mais là, je n'y ai jamais été… ! Vous êtes bien tous là… ?

Et elle se leva.

– Non, je ne les ai pas tous ! le plus gros œuf est encore là. Combien de temps ça va durer ! Je commence à en avoir assez !

Et elle se recoucha.

– Alors, comment ça va ? dit une vieille cane qui venait en visite.

– Il y a un œuf qui dure tellement longtemps ! dit la cane. Pas moyen qu'il perce ! Mais regarde donc les autres ! Ce sont les plus charmants canetons que j'aie vus ! Ils ressemblent tous à leur père, ce répugnant personnage : il ne vient pas me voir !

– Fais-moi voir cet œuf qui ne veut pas s'ouvrir ! dit la vieille. C'est un œuf de dinde, figure-toi ! Moi aussi, on m'a trompée ainsi, une fois, et j'ai eu bien du mal avec les petits parce qu'ils ont peur de l'eau, je te dirai ! Je n'arrivais pas à les y mettre ! Je cancanais, je couicouinais, rien à faire... ! Fais-moi voir cet œuf ! Mais oui, c'est un œuf de dinde ! Laisse-le tranquille et apprends aux autres enfants à nager !

– Je vais quand même le couver encore un peu ! dit la cane. Il y a si longtemps que j'y suis, je peux bien continuer le temps qu'il faudra !

– Je t'en prie ! dit la vieille cane, qui s'en alla.

Enfin, le gros œuf se fendit.

– Pip ! pip ! dit le petit en culbutant.

Il était grand et laid. La cane le regarda :

– Voilà un caneton d'une taille épouvantable ! dit-elle. Aucun des autres n'a un pareil air ! Ce ne serait tout de même pas un dindonneau ! Bon, on verra ça bientôt ! On va le mettre à l'eau, quand je devrais l'y mettre à coups de patte[1] !

1. Quand je devrais l'y mettre à coups de patte : même si je dois l'y mettre à coups de patte.

Le lendemain, il faisait un temps merveilleux. Le soleil brillait sur toutes les oseilles vertes. La mère cane descendit aux douves avec toute sa famille : plouf ! elle sauta dans l'eau. « Coin-coin ! » dit-elle et les canetons se laissèrent tomber l'un après l'autre. Ils avaient de l'eau par-dessus la tête mais ils remontèrent bientôt et nagèrent joliment. Leurs pattes fonctionnaient d'elles-mêmes et ils étaient tous là, même le petit gris et laid nageait avec eux.

– Non, ce n'est pas un dindon ! dit-elle. Voyez comme il se sert bien de ses pattes, comme il se tient droit ! C'est un petit à moi ! Au fond, il est très beau tout de même, à bien le regarder ! Coin-coin !... Venez avec moi maintenant, je vais vous emmener dans le monde et vous présenter aux canards de la basse-cour, mais restez toujours près de moi, que personne ne vous marche dessus, et prenez garde aux chats !

Et ils entrèrent dans la basse-cour. Il y avait un vacarme effroyable, deux familles se battaient pour une tête d'anguille, ce fut le chat qui la prit, toutefois.

– Voyez, voilà comment les choses se passent en ce monde ! dit la mère cane en se léchant le bec car elle aussi voulait la tête d'anguille. Servez-vous de vos pattes, dit-elle, tâchez de vous dépêcher et courbez le cou devant la vieille cane là-bas ! C'est la plus distinguée de tous ceux qui sont ici ! Elle est de sang espagnol, c'est pour cela qu'elle est grosse et vous voyez qu'elle a un chiffon rouge à la patte ! C'est une chose extrêmement chic, c'est la plus grande distinction qu'une cane puisse obtenir, cela a tellement d'importance que l'on ne veut pas s'en débarrasser, bêtes et hommes doivent la reconnaître... ! Dépêchez-vous... ! Ne vous mettez pas dans mes pattes ! Un canard bien élevé écarte bien les pattes, comme son père et sa mère ! Voilà ! Bon, courbez le cou maintenant, et dites : « Coin-coin ! »

C'est ce qu'ils firent. Mais les autres canards, alentour, les regardaient et dirent très haut :

– Voyez donc ! Nous voilà avec cette bande en plus ! comme si nous n'étions pas assez déjà ! et pouah ! quel air il a, ce caneton ! Celui-là, nous n'en voulons pas... ! et aussitôt, une cane de voler et de lui pincer le cou.

– Laissez-le tranquille, dit la mère, il ne fait rien à personne !

– Oui, mais il est trop grand et trop cocasse[1], dit la cane qui l'avait pincé, on va le corriger !

– Ce sont de beaux enfants que vous avez là, la mère, dit la vieille cane au chiffon autour de la patte, tous beaux, à une exception près, celui-là

1. Cocasse : qui provoque le rire par son côté bizarre et ridicule.

n'est pas réussi ! Je souhaiterais volontiers que vous puissiez le refaire !

– Ce n'est pas possible, Votre Grâce, dit la mère cane, il n'est pas beau, mais c'est une bonne nature et il nage aussi bien que certains des autres, j'ose même dire un peu mieux ! Je pense qu'il deviendra beau en grandissant ou qu'il sera un petit peu plus petit avec le temps ! Il est resté trop longtemps dans son œuf, c'est pour ça qu'il n'a pas la taille voulue !

Puis elle lui nettoya la nuque et lui lissa le plumage.

– De plus, c'est un mâle, dit-elle, et donc, ça n'a pas tellement d'importance ! Je crois qu'il forcira bien et qu'il fera son chemin !

– Les autres canetons sont mignons, dit la vieille, faites comme chez vous, si vous trouvez une tête d'anguille, vous pouvez me l'apporter !

Et ils furent comme chez eux.

Mais le pauvre caneton qui était sorti le dernier de son œuf et qui avait l'air affreux, on le pinça, on le bouscula, on se moqua de lui et ce, aussi bien les canards que les poules. « Il est trop grand ! » disaient-ils tous et le dindon qui était né avec des éperons[1], et croyait en conséquence être un empereur, se gonfla comme un navire toutes

1. Éperons : prolongements en corne situés derrière les pattes.

voiles dehors, se précipita sur lui, glouglouta et sa tête devint toute rouge. Le pauvre petit canard ne savait s'il devait rester ou s'en aller, il s'affligeait tellement d'avoir l'air si laid et d'être la risée[1] de tous les canards de la basse-cour !

Ainsi passa la première journée, puis ce fut de pire en pire. Tout le monde chassait le pauvre petit canard, même ses frères et sœurs étaient méchants pour lui, ils disaient tout le temps : « Si seulement le chat te prenait, espèce d'affreux ! » et sa mère disait : « Ah ! si tu pouvais être loin d'ici ! » Et les canards le pinçaient et les poules lui donnaient des coups de bec et la fille qui donnait à manger aux bêtes le renvoyait du pied.

Alors, il s'envola vite par-dessus la haie. Les petits oiseaux, dans les buissons, s'envolèrent, effrayés. « C'est parce que je suis tellement laid ! » pensa le petit canard en fermant les yeux, mais il s'enfuit tout de même. Alors, il entra dans le grand marais où habitaient les canards sauvages. Il y passa toute la nuit, il était bien fatigué et triste.

Au matin, les canards sauvages s'envolèrent et ils regardèrent leur nouveau camarade.

– D'où viens-tu, drôle de type ? demandèrent-ils, et le petit canard se tourna de tous côtés en saluant du mieux qu'il pouvait.

1. Risée : sujet de moquerie.

– Tu es réellement laid, dirent les canards sauvages, mais ça nous est égal, pour peu que tu ne te maries pas dans notre famille !...

Le pauvre ! Il ne pensait vraiment pas à se marier, il ne demandait que la permission de rester dans les roseaux et de boire un peu d'eau du marais.

Il resta là deux jours entiers, puis arrivèrent deux oies sauvages, ou plus exactement deux jars sauvages, car c'étaient deux mâles. Il n'y avait pas très longtemps qu'ils étaient sortis de l'œuf, c'est pour cela qu'ils étaient si insolents.

– Écoute, camarade, dirent-ils, tu es si laid que tu nous plais ! Veux-tu nous accompagner et être oiseau migrateur ? Tout près d'ici, dans un autre marais, il y a quelques sacrement belles oies sauvages, toutes demoiselles, qui savent dire : « Coin-coin ! » Tu es bien capable d'avoir du succès, laid comme tu es… !

Au même instant, au-dessus d'eux, on entendit pif ! paf ! et les deux jars sauvages tombèrent, morts, dans les roseaux, l'eau devint rouge sang. Pif ! paf ! entendit-on encore, et des bandes entières d'oies sauvages s'envolèrent des roseaux, et il y eut encore des détonations. C'était une grande chasse, les chasseurs encerclaient le marais, il y en avait même quelques-uns dans les branches des arbres qui s'étendaient loin au-dessus des roseaux. La fumée bleue s'insinuait comme des nuages parmi les arbres sombres et restait suspendue au-dessus de l'eau. Dans la vase arrivèrent les chiens de chasse, klask ! klask ! Joncs et roseaux oscillaient de tous côtés. C'était effroyable pour le petit canard, il tourna la tête pour se la mettre sous l'aile et, en cet instant précis, un gros chien terrible se trouva tout près de lui, longue langue pendante et des yeux horriblement brillants. Il posa la gueule tout contre le caneton, montra ses dents pointues… et pladsk ! pladsk ! repartit sans y toucher.

– Oh ! Dieu soit loué ! soupira le caneton, je suis si laid que même ce chien ne daigne pas me mordre !

Et il resta tout à fait immobile tandis que les plombs sifflaient dans les roseaux et que les coups de feu se succédaient.

Le calme ne revint que tard dans la journée, mais le pauvre jeunot n'osait pas encore se lever, il attendit plusieurs heures encore avant de regarder autour de lui, puis il se dépêcha de quitter le marais le plus vite qu'il put. Il courut à travers champs et prés, il y avait du vent, il avait du mal à avancer.

Vers le soir, il atteignit une pauvre petite maison de paysans ; elle était si misérable qu'elle ne savait pas elle-même de quel côté elle s'effondrerait, en sorte qu'elle avait pris le parti de rester debout. Le vent soufflait si fort autour du caneton qu'il dut se mettre sur la queue pour résister. Et cela ne cessait d'empirer. Alors, il s'aperçut que la porte était sortie d'un de ses gonds et qu'elle pendait, de travers, si bien que, par la fente, il pouvait se glisser dans la chaumière et c'est ce qu'il fit.

Habitait là une vieille femme avec son chat et sa poule, et le chat, qu'elle appelait Fiston, savait faire le gros dos et ronronner, il allait jusqu'à lancer des étincelles, mais, pour cela, il fallait le caresser à rebrousse-poil. La poule avait de toutes petites pattes, aussi l'appelait-on Kot-Kot-courtes-pattes. C'était une bonne pondeuse et la femme l'aimait comme son propre enfant.

Le matin, on remarqua tout de suite le caneton inconnu, le chat se mit à ronronner et la poule à glousser.

– Qu'est-ce qu'il y a ? dit la femme en regardant alentour, mais elle ne voyait pas bien et elle crut que le caneton était une cane bien grasse qui s'était égarée. Voilà une bonne prise, dit-elle, je vais avoir des œufs de cane ; pourvu que ce ne soit pas un mâle ! on va voir !

Et le petit canard fut pris à l'essai pour trois semaines, mais il ne vint pas d'œuf. Et le chat était le maître de la maison, et la poule, la maîtresse, et ils disaient tout le temps : « *Nous* et le

monde ! » parce qu'ils croyaient en être la moitié, et la meilleure. Le petit canard trouvait que l'on pouvait avoir une autre opinion, mais la poule ne l'admettait pas.

– Sais-tu pondre un œuf ? demandait-elle.

– Non !

– Bon, alors, tu n'as qu'à taire ton bec !

Et le chat disait :

– Sais-tu faire le gros dos, ronronner et lancer des étincelles ?

– Non.

– Bon, alors, tu n'as pas à avoir d'opinion quand les gens sensés parlent !

Et le petit canard restait dans le coin, et il était de mauvaise humeur. Alors, il se mit à penser à l'air frais et à l'éclat du soleil. Il eut une extraordinaire envie de flotter sur l'eau, pour finir, il ne put se retenir, il fallait qu'il le dise à la poule.

– Qu'est-ce qui t'arrive ? demanda-t-elle. Tu n'as rien à faire, c'est pour cela qu'il te vient des lubies[1] ! Ponds un œuf ou ronronne, et ça te passera.

– Mais c'est si délicieux de flotter sur l'eau, dit le petit canard, si délicieux d'en avoir au-dessus de la tête et de plonger jusqu'au fond !

– Bon ! le beau plaisir ! dit la poule. Tu dois être devenu fou ! Demande au chat, c'est lui le plus

1. Lubies : caprices, fantaisies.

sage que je connaisse, s'il aime flotter sur l'eau ou plonger ! Je ne parle pas de moi... ! Demande même à notre maîtresse, la vieille femme : plus sage qu'elle, cela n'existe pas en ce monde ! Crois-tu qu'elle ait envie de flotter et d'avoir de l'eau par-dessus la tête !

– Vous ne me comprenez pas ! dit le petit canard.

– C'est ça, si nous ne te comprenons pas, qui te comprendra, alors ! Tu ne prétends tout de même pas être plus sage que le chat et la femme, pour ne pas me citer ! Ne fais pas le malin, enfant, et remercie ton créateur de tout le bien que l'on t'a fait ! Est-ce que tu n'es pas arrivé dans une maison chaude, n'as-tu pas des fréquentations qui puissent t'apprendre quelque chose ! Mais tu es un benêt et ce n'est pas amusant d'avoir affaire à toi ! Tu peux m'en croire ! Je te veux du bien, je te dis des choses désagréables, c'est à cela qu'on reconnaît ses vrais amis ! Occupe-toi seulement de pondre un œuf et d'apprendre à ronronner ou à lancer des étincelles !

– Je crois que je vais m'en aller dans le vaste monde ! dit le caneton.

– Eh bien, fais-le ! dit la poule.

Et le petit canard s'en alla : il flottait sur l'eau, il plongeait mais il était dédaigné[1] de tous les animaux à cause de sa laideur.

1. Dédaigné : méprisé.

Puis l'automne arriva, dans la forêt, les feuilles devinrent jaunes et brunes, le vent s'en emparait si bien qu'elles dansaient en tous sens, et on sentait le froid dans l'air. Les nuages étaient lourds de grêle et de flocons de neige, le froid faisait crier : « Aô ! aô ! » au corbeau sur la clôture. Oh oui ! il y avait de quoi avoir froid quand on y pensait. Ça n'allait vraiment pas pour le pauvre petit canard.

Un soir que le soleil se couchait dans toute sa splendeur, toute une bande de superbes grands oiseaux sortit des buissons. Le petit canard n'en avait jamais vu d'aussi beaux, ils étaient d'un blanc tout brillant, avec de longs cous flexibles. C'étaient des cygnes, ils poussèrent un cri très étrange, étendirent leurs longues ailes magnifiques et s'envolèrent de ces froides régions pour se rendre dans des pays plus chauds, vers de vastes mers ouvertes ! Ils montèrent si haut, si haut que le vilain petit canard eut une impression étrange, il tournoya dans l'eau comme une roue, tendit haut le cou vers eux, poussa un cri si fort et bizarre qu'il en eut peur lui-même. Oh ! il ne pourrait oublier ces ravissants oiseaux, ces heureux oiseaux et dès qu'il ne les vit plus, il plongea jusqu'au fond, et quand il revint à la surface, il était hors de lui pour ainsi dire. Il ne savait pas comment s'appelaient ces oiseaux, ni où ils allaient et, pourtant, il les aimait comme il n'avait jamais aimé personne. Il ne les enviait pas, comment l'idée aurait-elle pu lui venir de souhaiter une telle splendeur pour lui-même, il aurait été content si seulement les canards l'avaient toléré parmi eux…, la pauvre vilaine bête !

Et l'hiver fut si froid, si froid. Le caneton devait nager sans arrêt pour empêcher l'eau de geler complètement. Mais chaque nuit, le trou dans lequel il nageait se faisait plus étroit. Il gelait à en faire craquer la croûte de glace. Il fallait que le caneton joue tout le temps des pattes pour que l'eau ne se referme pas. Pour finir, il était si épuisé qu'il resta tout à fait immobile et fut pris dans la glace.

De bonne heure, le matin, arriva un paysan qui le vit, alla casser la glace avec ses sabots et le porta chez lui, à sa femme. Là, on le ranima.

Les enfants voulurent jouer avec lui mais il crut qu'ils voulaient lui faire du mal et, dans sa frayeur, se précipita tout droit dans la jatte de lait si bien qu'il éclaboussa la pièce. La femme cria et tapa dans ses mains. Alors, il vola dans la baratte où était le beurre, puis descendit dans le tonneau de farine et remonta. Quel air il avait, vraiment ! et la femme criait en cherchant à le frapper avec les pincettes, et les enfants se culbutaient en courant capturer le caneton, et ils riaient, ils criaient… !

Heureusement que la porte était ouverte, il se précipita parmi les buissons dans la neige fraîchement tombée… il resta là, comme engourdi.

Mais ce serait trop affligeant de raconter toute la détresse et la misère qu'il dut endurer pendant ce rude hiver… Il gisait dans le marais parmi les roseaux quand le soleil se remit à briller et à chauffer. Les alouettes chantèrent… ce fut un printemps délicieux.

Alors, d'un coup, il déploya ses ailes, elles bruissaient [1] plus fort qu'avant et l'emportèrent puissamment. Avant de s'en être rendu compte, il se trouvait dans un grand jardin où les pommiers étaient en fleur, où les lilas embaumaient et laissaient pendre leurs longues branches vertes jusque tout en bas, vers les courbes des douves ! Oh ! qu'il faisait bon, quelle fraîcheur printanière ! Et droit devant lui, sortant du fourré, arrivèrent trois charmants cygnes blancs. Leurs plumes bruissaient, ils voguaient légèrement sur l'eau, le caneton reconnut les magnifiques bêtes et fut saisi d'une étrange tristesse.

– Je volerai vers eux, ces oiseaux royaux ! et ils me massacreront parce que moi, qui suis si laid, j'ose m'approcher d'eux. Mais ça m'est égal, mieux vaut être tué par eux qu'être pincé par les canards,

1. Bruissaient : produisaient un bruit léger.

piqué par les poules, poussé du pied par la fille de basse-cour et souffrir en hiver !

Et il vola jusque dans l'eau et nagea vers les cygnes magnifiques, qui le virent et s'en vinrent vers lui, plumes bruissantes.

– Tuez-moi donc ! dit la pauvre bête en courbant la tête vers la surface de l'eau et en attendant la mort… mais que vit-il dans l'eau limpide ? Il vit en dessous de lui sa propre image, mais ce n'était plus un oiseau grisâtre et lourdaud, affreux et laid, c'était un cygne.

Cela ne fait rien qu'on soit né dans une basse-cour si l'on est sorti d'un œuf de cygne !

Il se sentait vraiment content de toute la détresse et des contrariétés qu'il avait subies. Maintenant, il comprenait précisément son bonheur, toute cette splendeur qui l'accueillait. Et les grands cygnes nageaient autour de lui, le caressant du bec.

Quelques petits enfants arrivèrent au jardin, ils jetèrent dans l'eau du pain et des graines, et le plus petit cria : « Il y en a un nouveau ! » et les autres enfants exultèrent[1] avec lui : « Oui, il en est arrivé un nouveau ! » et ils battaient des mains et dansaient en rond, coururent chercher leur père et leur mère, et l'on jeta dans l'eau du pain et

1. Exultèrent : débordèrent de joie.

des gâteaux, et tous, ils disaient : « C'est le nouveau le plus beau ! Si jeune et si joli ! » et les vieux cygnes s'inclinèrent devant lui.

Alors il se sentit tout gêné et se cacha la tête sous les ailes, il ne savait plus où il en était ! il était trop heureux, bien que pas fier du tout, car un bon cœur n'est jamais fier ! Il songeait comme il avait été pourchassé et honni, et il entendait maintenant tout le monde dire qu'il était le plus ravissant de tous les ravissants oiseaux. Et les lilas inclinaient leurs branches jusque dans l'eau, devant lui, et le soleil brillait, chaud et bon, alors ses plumes bruirent, son col flexible se dressa, et il exulta de tout son cœur :

– Je ne rêvais pas de tant de bonheur quand j'étais le vilain petit canard !

Le sapin

Dans la forêt, il y avait un joli sapin. Il était bien placé : du soleil, il pouvait en avoir, de l'air, il y en avait suffisamment et tout autour poussaient beaucoup de camarades plus grands, sapins et pins à la fois. Mais le petit sapin était très impatient de grandir. Il ne pensait pas au chaud soleil et à l'air frais, il n'avait cure des enfants[1] de paysans qui passaient, bavardant quand ils allaient cueillir des fraises ou des framboises. Souvent, ils en avaient un pot tout plein, ou des fraises embrochées sur une paille, puis ils s'asseyaient près de l'arbrisseau en disant : « Oh ! comme il est mignon, ce petit-là ! » Cela, l'arbre ne voulait absolument pas l'entendre.

L'année suivante, il s'était allongé d'un nœud[2] et l'année d'après, d'un encore beaucoup plus

1. Il n'avait cure des enfants : il ne se souciait pas des enfants. 2. Nœud : avancée très dense et dure qui se forme sur le tronc d'un arbre et témoigne de sa croissance.

long. Car on peut toujours voir, dans un sapin, le nombre de ses années d'après le nombre de ses nœuds.

– Oh ! si j'étais un grand arbre comme les autres, soupirait l'arbrisseau, je pourrais étendre mes branches loin à la ronde et, de ma cime, contempler le vaste monde ! Les oiseaux feraient leurs nids parmi mes branches et quand le vent soufflerait, je pourrais hocher la tête aussi dignement que les autres, là !

Il ne tirait aucun plaisir de l'éclat du soleil, des oiseaux ou des nuages rouges qui, matin et soir, voguaient au-dessus de lui.

Si c'était l'hiver et que la neige, alentour, fût d'un blanc étincelant, un lièvre s'en venait courant et sautait juste au-dessus du petit arbre – oh ! que c'était vexant ! Mais deux hivers passèrent, et, le troisième, l'arbre était si grand que le lièvre dut en faire le tour. « Oh ! grandir, grandir, devenir grand et vieux, c'étaient tout de même les seules délices en ce monde », pensait l'arbre.

En automne, les bûcherons venaient toujours abattre quelques-uns des arbres les plus grands, cela se produisait chaque année et le jeune sapin, qui était maintenant de tout à fait belle taille, en tremblait car les grands arbres magnifiques tombaient à terre avec fracas. On leur coupait les branches, ils avaient l'air tout nus, longs et minces.

Ils étaient presque méconnaissables, et puis on les chargeait sur des chariots et des chevaux les emportaient de la forêt.

Où allaient-ils ? Qu'est-ce qui les attendait ?

Au printemps, quand l'hirondelle et la cigogne arrivèrent, l'arbre leur demanda :

– Est-ce que vous savez où on les emporte ? Vous ne les avez pas rencontrés ?

Les hirondelles ne savaient rien, mais la cigogne eut l'air pensif, hocha la tête et dit :

– Je crois bien ! J'ai rencontré beaucoup de bateaux neufs en revenant d'Égypte. Il y avait sur ces bateaux de grands mâts magnifiques, j'ose dire que c'étaient eux, ça sentait le sapin ! Je t'apporte toutes leurs salutations, ils portent haut la tête, ils portent haut la tête !

– Oh ! si, moi aussi, j'étais assez grand pour voler au-dessus de la mer ! En fait, comment elle est, cette mer, et à quoi ressemble-t-elle ?

– Euh ! c'est compliqué à expliquer ! dit la cigogne, qui s'en alla.

– Réjouis-toi de ta jeunesse, disaient les rayons du soleil, réjouis-toi de pousser et d'être en bonne santé, de la jeune vic qui est en toi !

Et le vent embrassa l'arbre, et la rosée versa des larmes dessus, mais le sapin ne comprit pas.

Quand ce fut l'époque de Noël, on abattit de tout jeunes arbres, des arbres qui, souvent, n'étaient même pas aussi grands ni aussi âgés que ce sapin qui ne connaissait pas de repos et voulait toujours partir. Ces jeunes arbres – c'étaient précisément les plus beaux – gardaient toujours toutes leurs branches, on les mettait dans des chariots et des chevaux les emportaient de la forêt.

– Où vont-ils ? demandait le sapin. Ils ne sont pas plus grands que moi, il y en avait même un qui était beaucoup plus petit. Pourquoi ont-ils gardé toutes leurs branches ? Où les a-t-on conduits ?

– Nous le savons ! Nous le savons ! pépiaient les moineaux. Nous avons regardé par les carreaux, en ville ! nous savons où on les a emportés ! Oh ! là où ils arrivent, ils sont dans le plus grand éclat, la plus grande splendeur que l'on puisse imaginer ! Nous avons jeté un coup d'œil par les fenêtres, nous avons vu qu'on les installe au milieu du salon bien chauffé et qu'on les décore des choses les plus ravissantes, pommes dorées, pains d'épice, jouets et des centaines de bougies.

– Et ensuite ? demanda le sapin en tremblant de toutes ses branches. Et ensuite ? Qu'est-ce qui se passe ensuite ?

– Euh… Nous n'en savons pas davantage ! C'était formidable !

– Et si, moi aussi, on me faisait prendre cette

voie radieuse ? exultait[1] l'arbre. C'est encore mieux que de traverser la mer ! Comme le désir me fait souffrir ! Si encore c'était Noël ! Me voici aussi haut et large que les autres qui ont été emportés l'an dernier !... Oh ! si j'étais déjà sur le chariot ! Si seulement j'étais dans le salon bien chaud dans tout cet éclat et cette splendeur ! et alors... ? Eh bien, il arriverait quelque chose d'encore meilleur, d'encore plus beau, sinon, pourquoi me décorerait-on ainsi ! Il faut qu'il arrive quelque chose d'encore plus grand, encore plus splendide... ! Mais quoi ? Oh ! je souffre ! je languis ! Je ne sais plus où j'en suis !

– Réjouis-toi avec moi ! disait l'air, disait la lumière du soleil. Réjouis-toi de ta saine jeunesse au grand air !

Mais il ne se réjouissait pas du tout. Il poussait, poussait, il restait vert, hiver comme été. Vert foncé, il restait. Les gens qui le voyaient disaient : « C'est un arbre superbe ! » et, à l'époque de Noël, ce fut le premier de tous à être abattu. La hache s'enfonça profondément dans ses moelles, l'arbre tomba à terre en poussant un soupir, il sentait une douleur, une faiblesse, il était absolument incapable de penser à un quelconque bonheur, il était triste de quitter son foyer, le lieu où il avait

1. Exultait : débordait de joie.

poussé. Il savait bien qu'il ne verrait jamais plus ses chers vieux camarades, les petits buissons et les fleurs alentour, et peut-être même pas les oiseaux. Son départ n'eut vraiment rien d'agréable.

Il ne retrouva ses esprits que lorsque, dans la cour, il fut déchargé avec les autres arbres et entendit un homme dire :

– Celui-là est magnifique ! Nous n'en prendrons pas d'autre !

Deux domestiques en beaux atours[1] vinrent rentrer le sapin dans une superbe grande salle. Tout autour, aux murs, étaient accrochés des portraits et, près du grand poêle de faïence, il y avait de grands vases chinois avec des lions sur le couvercle. Il y avait des fauteuils à bascule, des sofas de soie, de grandes tables couvertes de livres d'images et de jouets pour des centaines et des centaines de rixdales[2]..., à ce que disaient les enfants, du moins. Et l'on dressa le sapin dans un grand tonneau plein de sable, mais personne ne pouvait voir que c'était un tonneau car on l'avait entouré de tissu vert et il était sur un grand tapis bariolé[3]. Oh ! comme l'arbre frémissait ! Qu'allait-il donc se passer ? Des domestiques et des demoiselles étaient en train de le décorer. Ils accro-

1. Atours : habits. 2. Rixdales : ancienne monnaie d'argent qui avait cours dans le nord et l'est de l'Europe. 3. Bariolé : de toutes les couleurs.

chaient à une branche de petits filets découpés dans du papier de couleur. Chaque filet était empli de bonbons. Des pommes et des noix dorées pendaient comme si elles avaient poussé là et plus de cent petites bougies rouges, bleues et blanches étaient fixées sur les branches. Des poupées qui avaient vraiment l'air de personnes humaines – l'arbre n'en avait jamais vu de pareilles encore – planaient dans la verdure et tout en haut, à sa cime, on mit une grosse étoile toute pailletée d'or. C'était magnifique, d'une magnificence inouïe.

– Ce soir, disaient-ils tous, ce soir, il va resplendir !

« Oh ! pensait l'arbre, si seulement on était ce soir ! Si seulement on allumait bientôt les bougies ! et qu'est-ce qui va se passer alors, hein ? Supposons que les arbres de la forêt viennent me regarder ? Que les moineaux volent près des carreaux ? Que je pousse ici et reste décoré hiver comme été ? »

Pour en savoir long, il en savait long. Seulement, il avait, d'impatience, solidement mal à l'écorce et, pour un arbre, le mal à l'écorce est aussi pénible que, pour nous autres, le mal de tête.

Et puis les bougies furent allumées. Quel éclat, quelle magnificence ! l'arbre en frémissait de toutes ses branches, si bien qu'une des bougies mit le feu à la verdure. Cela flamba comme il faut.

– Dieu nous garde ! crièrent les demoiselles en se dépêchant d'éteindre.

L'arbre n'osait même pas frémir. Oh ! quelle horreur ! Il avait tellement peur de perdre de sa parure. Il était complètement bouleversé dans tout son éclat… et alors, la porte s'ouvrit à deux battants et une foule d'enfants se précipitèrent comme s'ils voulaient culbuter l'arbre. Les grandes personnes suivaient plus posément. Les petits restèrent silencieux… mais un instant seulement, puis ils reprirent leurs cris de joie, cela faisait un joli charivari ! Ils dansaient autour de l'arbre et les cadeaux furent cueillis l'un après l'autre. « Mais qu'est-ce qu'ils font donc ? pensait l'arbre. Qu'est-ce qui va se passer ? » Et les bougies brûlèrent jusqu'aux branches, au fur et à mesure qu'elles étaient consumées, on les éteignait et les enfants eurent la permission de dépouiller l'arbre. Hou ! Ils se précipitèrent dessus si fort qu'il craqua de toutes ses branches. S'il n'avait pas été attaché au plafond par sa cime et l'étoile d'or, il aurait été renversé.

Les enfants dansaient en rond avec leurs jouets magnifiques, personne ne regardait l'arbre en dehors de la vieille bonne d'enfants qui allait jetant un coup d'œil parmi les branches, mais c'était seulement pour voir si l'on n'avait pas oublié une figue encore, ou une pomme.

– Une histoire ! une histoire ! crièrent les enfants en tirant vers l'arbre un petit homme ventru : il s'assit juste en dessous, « comme ça, nous sommes dans la verdure, dit-il, et ça peut faire beaucoup de bien à l'arbre d'écouter aussi ! Mais je ne raconterai qu'une histoire. Voulez-vous entendre celle d'Ivede-Avede, ou celle de Klumpe-Dumpe qui tomba dans les escaliers et qui arriva tout de même sur le siège d'honneur et épousa la princesse ?

– Ivede-Avede ! crièrent certains. Klumpe-Dumpe ! crièrent d'autres. Quel vacarme cela faisait ! Seul, le sapin se taisait, très calme, pensant : « Et moi, je n'en serai pas, je vais rester à ne rien faire ? »

Il avait été de la fête, tout de même, il avait fait ce qu'il avait à faire.

Et l'homme raconta l'histoire de Klumpe-Dumpe qui tomba dans les escaliers et qui arriva tout de même sur le siège d'honneur et qui épousa la princesse. Et les enfants applaudirent en disant : « Raconte ! raconte ! »

Ils voulaient Ivede-Avede aussi, mais ils n'eurent que l'histoire de Klumpe-Dumpe. Le sapin restait très calme et pensif, jamais les oiseaux de la forêt n'avaient rien raconté de pareil.

« Klumpe-Dumpe est tombé dans les escaliers et il a tout de même épousé la princesse ! C'est ça, c'est comme ça que ça se passe dans le monde ! » pensait le sapin qui croyait que c'était vrai parce que c'était un homme si gentil qui racontait. « Eh oui ! qui sait ! Peut-être que moi aussi, je tomberai dans les escaliers et j'épouserai une princesse ! » Et il se réjouit d'être, le lendemain, vêtu de lumières, de jouets, d'or et de fruits.

« Demain, je ne tremblerai pas ! pensa-t-il. Je me réjouirai comme il faut dans toute ma splendeur. Demain, je vais de nouveau entendre l'histoire de Klumpe-Dumpe et peut-être celle d'Ivede-Avede. » Et l'arbre resta immobile et pensif toute la nuit.

Le lendemain, un domestique et une bonne entrèrent.

« Voilà la fête qui recommence ! » pensa l'arbre, mais ils le traînèrent hors du salon, lui firent monter l'escalier, l'entrèrent au grenier et là, dans un coin obscur, où ne brillait aucune lueur de jour, ils le déposèrent. « Qu'est-ce que ça signifie ? pensa l'arbre. Qu'est-ce que je vais faire ici ? Qu'est-ce que je vais bien pouvoir entendre ? » Et il s'appuya au mur, réfléchissant, réfléchissant… Et il avait tout son temps, car des jours et des nuits passèrent. Personne ne venait là-haut et quand enfin il arrivait quelqu'un, c'était pour déposer de grandes caisses dans le coin. L'arbre était complètement caché, on aurait cru qu'il était tout à fait oublié.

« Maintenant, c'est l'hiver, dehors ! pensait l'arbre. Le sol est dur et couvert de neige, on ne peut pas me planter. Ce doit être pour ça que je dois rester ici à l'abri pour le printemps ! Comme tout cela est bien pensé ! comme les humains sont bons tout de même !... Si seulement il ne faisait pas si noir ici et qu'on ne soit pas dans une solitude aussi effroyable... ! Pas même un petit lièvre... ! C'était tout de même amusant, là-bas, dans la forêt, quand il y avait de la neige et que le lièvre passait en bondissant. Et même quand il me sautait par-dessus, mais ça ne me plaisait pas en ce temps-là. Ici, on est tout de même dans une solitude effroyable ! »

– Pip ! pip ! dit soudain une petite souris en se glissant hors de son trou.

Et il en arriva une petite encore. Elles flairèrent le sapin et se glissèrent entre ses branches.

– Il fait un froid terrible ! dirent les petites souris. Sinon, on est rudement bien, ici ! N'est-ce pas, vieux sapin ?

– Je ne suis pas vieux du tout, dit le sapin, il y en a beaucoup de bien plus vieux que moi !

– D'où viens-tu, demandèrent les souris, et que sais-tu ?

Elles étaient terriblement curieuses.

– Parle-nous de l'endroit le plus délicieux sur terre ! Tu y as été ? As-tu été dans le garde-manger où il y a des fromages sur les étagères et où des jambons sont pendus au plafond, où l'on danse sur des chandelles de suif : on y entre maigre, on en sort grasse !

– Je ne le connais pas, dit l'arbre, mais je connais la forêt où le soleil brille et où les oiseaux chantent !

Et il raconta toute sa jeunesse et jamais encore les petites souris n'avaient rien entendu de pareil, et elles écoutèrent attentivement et dirent :

– Toutes les choses que tu as vues ! Comme tu as été heureux !

– Moi ! dit le sapin en réfléchissant à ce qu'il racontait lui-même… Oui, au fond, c'étaient des temps très agréables… ! et puis il leur raconta le soir de Noël quand il était décoré de bonbons et de bougies.

– Oh ! dirent les petites souris, comme tu as été heureux, vieux sapin !

– Je ne suis pas vieux du tout, dit l'arbre, c'est cet hiver que je suis venu de la forêt, quand même ! Je suis dans la fleur de l'âge, c'est seulement que j'ai arrêté ma croissance !

– Comme tu racontes bien ! dirent les petites souris, et, la nuit suivante, elles vinrent avec quatre autres souricettes qui voulaient entendre l'arbre raconter, et plus il racontait, mieux il se rappelait tout, et trouvait que « c'étaient tout de même des temps bien amusants ! mais ils peuvent venir, ils peuvent venir ! Klumpe-Dumpe est tombé dans les escaliers et a quand même épousé la princesse, peut-être que moi aussi, je pourrai épouser une princesse », et le sapin pensa à un mignon petit bouleau qui poussait dans la forêt : c'était vraiment une charmante princesse pour le sapin.

– Qui est Klumpe-Dumpe ? demandèrent les petites souris. Et le sapin raconta toute l'histoire, il se la rappelait mot pour mot. Et les petites souris étaient sur le point de grimper à la cime de l'arbre, par pur plaisir. La nuit suivante, il arriva beaucoup plus de souris et, le dimanche, il vint même deux rats. Mais ils dirent que l'histoire n'était pas amusante et cela affligea les petites souris car l'histoire leur plut moins, à elles aussi.

– C'est la seule histoire que vous sachiez ? demandèrent les rats.

– C'est la seule, répondit l'arbre, je l'ai entendue le soir de mon plus grand bonheur, mais cette fois-là, je ne savais pas à quel point j'étais heureux !

– C'est une histoire excessivement mauvaise ! Vous n'en savez aucune qui parle de lard et de chandelles de suif ? Aucune histoire de garde-manger ?

– Non ! dit l'arbre.

– Bon, alors, merci ! répondirent les rats qui rentrèrent chez eux.

Les petites souris aussi finirent par disparaître et alors, l'arbre soupira :

– C'était tout de même vraiment formidable quand elles étaient autour de moi, ces vives petites souris, et qu'elles écoutaient ce que je racontais !

Maintenant, c'est fini, ça aussi… mais je me rappellerai qu'il faut que je m'amuse quand on me ressortira !

Et quand cela se produisit-il ?… Eh bien ! Ce fut un matin, des gens vinrent fouiller dans le grenier. Les caisses furent déplacées, l'arbre, tiré. Assurément, on le jeta un peu rudement sur le sol, mais aussitôt, un homme le traîna vers l'escalier où le jour brillait.

« Maintenant, la vie recommence ! » pensa l'arbre, il sentait l'air frais, le premier rayon du soleil… et voilà qu'il était dans la cour. Tout alla si vite, l'arbre oublia totalement de se regarder, il y avait tant de choses à voir alentour. La cour ouvrait sur un jardin où tout était en fleur. Les roses couraient, fraîches et parfumées, sur la petite barrière, les tilleuls étaient en fleur, et les hirondelles volaient de çà de là, disant : « Kvirre-virre-vit, mon mari est arrivé ! » mais ce n'était pas au sapin qu'elles pensaient.

« Maintenant, je vais vivre », exultait le sapin en déployant ses branches. Hélas ! elles étaient toutes flétries et jaunes. C'était dans le coin, parmi les mauvaises herbes et les orties, qu'il gisait, l'étoile de papier doré était encore à sa cime et scintillait au clair soleil.

Dans la cour jouaient quelques-uns des joyeux enfants qui, à l'époque de Noël, avaient dansé autour de l'arbre et y avaient pris tant de plaisir. Un des plus petits courut arracher l'étoile d'or.

– Regardez ce qu'il y avait encore sur ce sale vieil arbre de Noël ! dit-il en piétinant les branches qui craquèrent sous ses bottes.

Et l'arbre regarda toute cette splendeur de fleurs et toute cette fraîcheur du jardin, il se regarda lui-même et il souhaita être resté dans son coin obscur au grenier. Il pensa à sa verte jeunesse dans la forêt, au joyeux soir de Noël et aux petites souris qui avaient été si contentes d'entendre l'histoire de Klumpe-Dumpe.

– Fini ! fini ! dit le pauvre arbre. Si, au moins, je m'étais réjoui pendant que je le pouvais ! Fini ! fini !

Et le domestique vint couper l'arbre en petits morceaux, il y en eut tout un tas. Il flamba superbement sous la grande marmite. Et il soupira profondément, chaque soupir était comme une petite détonation. Aussi, les enfants qui jouaient accoururent-ils s'asseoir devant le feu, le regardant en criant : « Pif ! paf ! » mais à chaque éclatement, qui était un profond soupir, l'arbre pensait à un jour d'été dans la forêt, à une nuit d'hiver là-bas quand les étoiles brillaient. Il pensait au soir de Noël et à Klumpe-Dumpe, le seul conte qu'il eût entendu et qu'il sût dire… et puis l'arbre fut consumé.

Les enfants jouaient dans la cour, le plus petit arborait sur la poitrine l'étoile d'or que l'arbre avait portée le soir où il avait été le plus heureux. C'était fini maintenant, et l'arbre était fini et l'histoire avec lui. Fini, fini, comme toutes les histoires.

La bergère et le ramoneur

As-tu jamais vu un vraiment vieux bahut[1], tout noirci par l'âge et sculpté d'arabesques et de feuillages ? Il y en avait précisément un de ce genre dans un salon, il était hérité de l'arrière-grand-mère et sculpté de roses et de tulipes du haut jusqu'en bas. Il y avait les plus extraordinaires arabesques, de petits cerfs aux bois nombreux y passaient la tête, mais au milieu du bahut, un homme tout entier était sculpté. Il était assurément cocasse[2] à voir et pour grimacer, il grimaçait, on ne saurait appeler cela rire, il avait des pattes de bouc, de petites cornes au front et une longue barbe. Les enfants de la maison l'appelaient toujours Sergentmajorgénéralenchefetensecond-aux-pieds-de-bouc, parce que c'est un titre

1. Bahut : coffre, buffet. **2.** Cocasse : qui provoque le rire par son côté bizarre et ridicule.

difficile à dire et qu'il n'y en a pas beaucoup pour le porter. Mais le faire sculpter, ç'avait été quelque chose aussi. Tout de même, il était là ! Toujours, il regardait la table, sous le miroir, parce que, là, il y avait une ravissante petite bergère de porcelaine. Ses souliers étaient dorés, sa robe, mignonnement agrafée par une rose rouge, et elle avait un chapeau d'or et une houlette[1]. Elle était délicieuse. Tout près d'elle, il y avait un petit ramoneur, noir comme du charbon, mais pour le reste, de porcelaine également. Il était aussi propre et beau que n'importe qui ; qu'il fût ramoneur, c'était seulement ce qu'il devait représenter, le fabricant de porcelaine aurait tout aussi bien pu en faire un prince, cela serait revenu au même !

Il était là, tout mignon avec son échelle, un visage blanc et rouge comme celui d'une fille et, en fait, c'était une erreur, il aurait bien pu être un peu noir. Il se tenait tout près de la bergère. Tous deux avaient été posés là et puisqu'ils s'y trouvaient, ils s'étaient fiancés, ils allaient bien l'un avec l'autre, n'est-ce pas, c'étaient des jeunes gens, ils étaient de la même porcelaine et tous deux également fragiles.

Tout près d'eux se tenait une poupée trois fois plus grande, c'était un vieux Chinois qui pouvait

1. Houlette : bâton.

hocher la tête. Lui aussi était de porcelaine, il prétendait être le grand-père de la petite bergère, mais il ne pouvait sûrement pas le prouver, il affirmait avoir autorité sur elle, aussi avait-il dodeliné de la tête à l'intention du Sergent-majorgénéralenchefetensecond-aux-pieds-de-bouc qui avait demandé la main de la petite bergère.

– Là, tu auras un mari, dit le vieux Chinois, un mari qui, je crois bien, est en acajou, il peut faire de toi une Sergentmajorgénéralenchefetensecond-aux-pieds-de-bouc, le bahut tout entier, plein d'argenterie, est à lui, sans compter ce qu'il recèle dans ses cachettes secrètes !

– Je ne veux pas entrer dans ce bahut obscur, dit la petite bergère, j'ai entendu dire qu'il a là-dedans onze femmes de porcelaine… !

– Ainsi, tu pourras être la douzième ! dit le Chinois. Cette nuit, dès qu'il y aura des craquements dans le vieux bahut, vous célébrerez vos noces, aussi vrai que je suis Chinois ! puis il hocha la tête et s'endormit.

Mais la petite bergère pleurait en regardant le bien-aimé de son cœur, le ramoneur de porcelaine.

– Je crois que je vais te demander, dit-elle, de partir avec moi dans le vaste monde, parce qu'ici nous ne pouvons rester !

– Je veux tout ce que tu veux, dit le petit ramoneur, partons tout de suite, je pense bien être capable de te faire vivre en exerçant ma profession !

– Si seulement nous étions en bas de cette table, dit-elle, je ne serai pas heureuse tant que nous ne serons pas dans le vaste monde !

Et il la consola, il montra où elle devait poser son petit pied sur les sculptures et le feuillage doré le long du pied de la table, il s'aida aussi de son échelle, et les voilà sur le plancher, mais lorsqu'ils regardèrent le vieux bahut, ils virent que tout était en mouvement. Tous les cerfs sculptés étiraient davantage la tête, dressaient leurs bois et tournaient le cou. Le Sergentmajorgénéralenchef-etensecond-aux-pieds-de-bouc sauta en l'air en criant au vieux Chinois :

– Voilà qu'ils se sauvent ! voilà qu'ils se sauvent !

Alors, ils furent un peu effrayés, vite, ils sautèrent dans un tiroir de l'estrade où était la table à ouvrage.

Là, il y avait deux ou trois jeux de cartes incomplets et un petit théâtre de marionnettes qui se trouvait dressé autant que cela pouvait se faire. On y jouait la comédie et toutes les dames, de carreau comme de cœur, de trèfle et de pique, étaient assises au premier rang, s'éventant de leurs tulipes, derrière, il y avait tous les valets qui montraient qu'ils avaient de la tête, et en haut et en bas, comme font les cartes. La comédie traitait de deux personnes qui ne parvenaient pas à se marier, et cela fit pleurer la bergère car c'était comme sa propre histoire.

– Je ne peux pas supporter ça ! dit-elle. Il faut que je sorte de ce tiroir !

Mais lorsqu'ils furent sur le plancher et qu'ils levèrent le regard vers la table, le vieux Chinois était réveillé, il vacilla de tout son corps et se retrouva en bas de toute sa masse !

– Voilà le vieux Chinois ! cria la petite bergère et elle tomba sur ses genoux de porcelaine, tant elle était affligée[1].

– J'ai une idée, dit le ramoneur, si on rampait dans la grosse potiche à parfums, là, dans le coin, nous pourrions nous étendre sur des roses et de la lavande et lui jeter du sel dans les yeux quand il arrivera.

– Ça ne donnera pas grand-chose, dit-elle, de plus, je sais que le vieux Chinois et la potiche ont été fiancés, et il reste toujours un peu de tendresse quand on a eu des relations de ce genre ! Non, il n'y a rien d'autre à faire que de partir dans le vaste monde !

– As-tu vraiment le courage de m'accompagner

1. Affligée : très triste et accablée.

dans le vaste monde ? demanda le ramoneur. As-tu réfléchi à son immensité et que nous ne pourrons jamais plus revenir ici ?

– J'y ai réfléchi ! dit-elle.

Et le ramoneur la regarda très fixement, puis il dit :

– Mon chemin passe par la cheminée ! As-tu vraiment le courage de ramper avec moi à travers le poêle de faïence, le cylindre et le tuyau ? Alors, nous parviendrons dans la cheminée et là, je suis à mon affaire ! Nous monterons si haut qu'ils ne pourront nous atteindre et, tout en haut, il y a un trou qui donne sur le vaste monde !

Et il la conduisit jusqu'à la porte du poêle de faïence.

– Ça a l'air bien noir ! dit-elle, mais elle l'accompagna tout de même, tant à travers le cylindre que dans le tuyau où il faisait nuit noire.

– Nous voici dans la cheminée, dit-il, et vois ! vois ! tout en haut, la plus magnifique des étoiles brille !

Et il y avait vraiment une étoile au ciel qui brillait jusqu'à eux comme si elle voulait leur montrer le chemin. Et ils rampèrent et grimpèrent, c'était un chemin affreux, si haut, si haut. Mais il la soulevait, l'aidait, il la tenait et montrait les meilleurs endroits où elle devait poser ses petits pieds de porcelaine, et ils atteignirent ainsi le bord de la cheminée où ils s'assirent car ils étaient bien fatigués et il y avait de quoi.

Le ciel était au-dessus d'eux avec toutes ses étoiles, et tous les toits de la ville en dessous. Ils voyaient tout alentour, très loin de par le monde. La pauvre bergère n'avait jamais imaginé cela ainsi, elle posa sa petite tête contre son ramoneur, puis elle pleura, si bien que l'or de sa ceinture s'en alla.

– C'est trop ! dit-elle. Je ne peux pas supporter ça ! Le monde est trop grand ! Si seulement je pouvais me retrouver sur la petite table, sous le miroir ! Jamais je ne serai heureuse tant que je n'y serai pas revenue ! Je t'ai suivi jusque dans le vaste monde, maintenant, tu peux bien me raccompagner chez nous, si tu tiens à moi tant soit peu !

Et le ramoneur lui parla raisonnablement, parla du vieux Chinois et du Sergentmajorgénéralenchefetensecond-aux-pieds-de-bouc, mais elle sanglotait atrocement en embrassant son petit ramoneur, et il ne put faire autrement que la satisfaire, tout mal que ce fût.

Et donc, ils redescendirent la cheminée en rampant à grand-peine, et ils traversèrent le tuyau et le cylindre, cela n'avait absolument rien de drôle, et ils se trouvèrent dans l'obscur poêle de faïence. Là, ils guettèrent derrière la porte pour savoir comment ça se passait dans le salon. Tout y était tranquille. Ils jetèrent un coup d'œil… Aïe ! Au milieu de la pièce gisait le vieux Chinois, il était tombé de la table en voulant les suivre, il s'était cassé en trois morceaux. Tout son dos s'était détaché en bloc, sa tête avait roulé dans un coin. Le Sergentmajorgénéralenchefe-tensecond-aux-pieds-de-bouc était toujours à la même place, réfléchissant.

– C'est épouvantable, dit la petite bergère, le vieux grand-père est en morceaux et c'est notre faute ! Je ne pourrai survivre à ça !

Et elle tordit ses toutes petites mains.

– On peut encore le raccommoder ! dit le ramoneur. On peut fort bien le raccommoder… ! Ne t'emporte donc pas tant ! On n'a qu'à lui recoller le dos et lui rattacher le cou comme il faut, il redeviendra comme neuf et pourra nous dire beaucoup de choses désagréables !

– Tu crois ? dit-elle. Et ils regrimpèrent sur la table où ils étaient auparavant.

– Voilà où nous en sommes, dit le ramoneur, nous aurions pu nous épargner tout ce tracas !

– Si seulement le vieux grand-père était raccommodé ! dit la bergère. Est-ce que c'est tellement cher ?

Et il fut raccommodé. La famille lui fit recoller le dos, on lui rattacha le cou comme il faut, il fut comme neuf, mais il ne pouvait hocher la tête.

– Vous voilà devenu bien hautain[1] depuis que vous avez été mis en pièces, dit le Sergentmajor-généralenchefetensecond-aux-pieds-de-bouc, il me semble pourtant qu'il n'y a pas là de quoi faire une affaire si épouvantable ! Est-ce que je vais épouser la bergère, oui ou non ?

Et le ramoneur et la petite bergère firent un regard si touchant au vieux Chinois, ils avaient tellement peur qu'il hoche la tête, mais il ne le pouvait pas et il lui était désagréable de dire à un étranger qu'il portait constamment une attache dans le cou, et les sujets de porcelaine restèrent ensemble ainsi que les attaches du bien-aimé grand-père, et ils s'aimèrent jusqu'à ce qu'ils furent mis en pièces.

1. Hautain : méprisant.

La petite fille aux allumettes

Il faisait atrocement froid. Il neigeait, l'obscurité du soir venait. Il faut dire que c'était le dernier soir de l'année, la veille du Jour de l'an. Par ce froid, dans cette obscurité, une pauvre petite fille marchait dans la rue, tête nue, pieds nus. C'est-à-dire : elle avait bien mis des pantoufles en partant de chez elle, mais à quoi bon ! C'étaient des pantoufles très grandes, sa mère les portait dernièrement, tellement elles étaient grandes, et la petite les perdit quand elle se dépêcha de traverser la rue au moment où deux voitures passaient affreusement vite. Il n'y eut pas moyen de retrouver l'une des pantoufles, et l'autre, un gamin l'emporta : il disait qu'il pourrait en faire un berceau quand il aurait des enfants.

Et donc, la petite fille marchait, ses petits pieds nus tout rouges et bleus de froid. Dans un vieux tablier, elle tenait une quantité d'allumettes et elle en avait un paquet à la main. Personne, de toute la journée, ne lui en avait acheté. Personne ne lui avait donné le moindre skilling[1]. Affamée, gelée, l'air lamentable, elle marchait, la pauvre petite ! Les flocons de neige tombaient sur ses longs cheveux blonds si joliment bouclés sur la nuque, mais assurément, elle ne pensait pas à cette parure. À toutes les fenêtres brillaient les lumières et cela sentait si bon l'oie rôtie dans la rue. C'était la veille du Jour de l'an, n'est-ce pas, et elle y pensait, oh oui !

Dans un coin, entre deux maisons dont l'une faisait un peu saillie, elle s'assit et se recroquevilla. Elle avait replié ses petites jambes sous elle, mais elle avait encore plus froid, et chez elle, elle n'osait pas aller, car elle n'avait pas vendu d'allumettes, pas reçu un seul skilling, son père la battrait et il faisait froid à la maison aussi, ils n'avaient que le toit au-dessus d'eux, le vent pénétrait en sifflant, bien qu'on eût bouché les plus grandes crevasses avec de la paille et des chiffons. Ses petites mains étaient presque mortes de froid. Oh ! qu'une petite allumette pourrait faire du bien ! Si seulement elle osait en tirer une du paquet, la frotter contre le mur, se réchauffer les doigts ! Elle en tira une : ritsch ! comme le feu

1. Skilling : petite monnaie des pays scandinaves.

jaillit, comme elle brûla ! Ce fut une flamme chaude et claire, comme une petite chandelle qu'elle entoura de sa main. C'était une étrange lumière ! La petite fille eut l'impression d'être assise devant un grand poêle de fer aux boules et au tuyau de laiton étincelants. Le feu brûlait délicieusement, chauffait si bien ! Mais qu'est-ce qui se passe… ! la petite étendait déjà les pieds pour les réchauffer aussi… la flamme s'éteignit, le poêle disparut… elle restait, tenant à la main un petit bout de l'allumette brûlée.

Elle en frotta une autre, qui brûla, qui éclaira, et là où la lueur tomba sur le mur, celui-ci devint transparent comme un voile. Elle voyait à l'intérieur d'une salle où la table était mise, couverte d'une nappe d'un blanc éclatant, de fine porcelaine, et l'oie rôtie, farcie de pruneaux et de pommes, exhalait un fumet délicieux ! Et, chose plus magnifique encore, l'oie sauta du plat, s'en vint, se dandinant, sur le plancher, une fourchette et un couteau dans le dos : elle alla jusqu'à la pauvre fille. Alors, l'allumette s'éteignit et il n'y eut plus que le gros mur glacé.

Elle en alluma encore une. Alors, elle se trouva sous le plus splendide arbre de Noël : il était encore plus grand et plus décoré que celui qu'elle avait vu, par la porte vitrée, ce Noël-là, chez le riche marchand. Mille bougies brûlaient sur les branches vertes et des images bariolées[1] comme celles qui décorent les devantures des boutiques baissaient le regard sur elle. La petite tendit les deux mains… et l'allumette s'éteignit. Les nombreuses bougies de Noël montaient de plus en plus haut, elle vit que c'étaient maintenant les claires étoiles, l'une d'elles tomba en traçant une longue raie de feu dans le ciel.

– Voilà quelqu'un qui meurt ! dit la petite, car sa vieille grand-mère, la seule personne qui eût été bonne pour elle mais qui était morte maintenant, avait dit : « Quand une étoile tombe, c'est qu'une âme monte vers Dieu. »

De nouveau, elle frotta une allumette contre le mur : elle éclaira à la ronde et dans cette lueur, il y avait la vieille grand-mère, bien claire, toute brillante, douce et bénie.

– Grand-mère, cria la petite, oh ! emmène-moi ! je sais que tu disparaîtras quand l'allumette s'éteindra. Disparaîtras, comme le poêle bien chaud, la délicieuse oie rôtie et le grand arbre de Noël béni… ! et elle frotta très vite tout le reste des allumettes du paquet, elle tenait à garder sa grand-mère. Et les allumettes brillèrent d'un tel éclat qu'il faisait plus clair qu'en plein jour. Jamais la grand-mère n'avait été si belle, si grande. Elle

1. Bariolées : de toutes les couleurs.

prit la petite fille sur son bras et elles s'envolèrent dans cette splendeur et cette joie, bien haut, bien haut, là où il n'y avait pas de froid, pas de faim, pas d'angoisse… elles étaient auprès de Dieu.

Et dans le recoin de la maison, à l'heure du matin glacé, la petite fille était assise, les joues rouges, un sourire à la bouche…, morte, morte de froid le dernier soir de l'année. Le matin du Nouvel An se leva sur le petit cadavre, assis avec ses allumettes dont un paquet était presque entièrement brûlé.

– Elle a voulu se réchauffer ! dit quelqu'un. Personne ne sut les belles choses qu'elle avait vues, dans quelle splendeur elle et sa grand-mère étaient entrées dans la joie de la Nouvelle Année !

Ib et la petite Christine

Près de la Gudenaa[1], dans la forêt de Silkeborg, s'élève une colline longue, une sorte de gros talus, on l'appelle la Crête. En bas, vers l'ouest, il y avait, que dis-je, il y a encore une petite ferme avec de maigres terres ; le sable brille à travers les champs de seigle et d'orge clairsemés. C'était il y a pas mal d'années. Les gens qui habitaient là faisaient leur petite culture, ils avaient en outre trois moutons, un porc et deux bœufs. Bref, ils avaient de quoi vivre quand on prend la vie comme elle vient, ils auraient même pu aller aussi jusqu'à entretenir deux ou trois chevaux, mais ils disaient, comme les autres paysans de là-bas : « Le cheval se mène tout seul à la ruine ! »… il vous consume pour le bien qu'il fait. Jeppe-Joens cultivait son petit lopin de terre en été, et l'hiver, c'était un habile sabotier. Il faut dire qu'il avait un aide, un

1. Gudenaa : nom d'un fleuve danois.

type qui s'entendait à tailler des sabots à la fois solides, légers et élégants. Ils taillaient des cuillers et des louches. Cela rapportait, on ne pouvait dire de Jeppe-Joens qu'il était pauvre.

Le petit Ib, un gamin de sept ans, le seul enfant de la maison, regardait faire, taillant une baguette, se coupant aussi les doigts, mais un jour, il avait façonné deux bouts de bois de telle sorte qu'ils avaient l'air de petits sabots, ce serait, disait-il, pour offrir à la petite Christine. C'était la fillette du marinier, elle était délicate et ravissante comme une enfant de maîtres. Si elle avait été habillée comme une fille bien née, personne n'eût cru qu'elle était de Lyngtorv, dans Seishede. Habitait là son père qui était veuf[1] et qui gagnait sa vie en conduisant des péniches de bois de la forêt jusqu'aux pêcheries d'anguilles de Silkeborg, et même, souvent plus loin, jusqu'à Randers. Il n'avait personne pour prendre soin de la petite Christine, plus jeune d'un an que Ib, aussi était-elle presque toujours avec lui, sur la péniche ou parmi la bruyère et les buissons d'airelles. S'il devait aller jusqu'à Randers, la petite Christine venait chez Jeppe-Joens.

Ib et la petite Christine s'entendaient bien, aux jeux comme à table. Ils fouillaient la terre, ils

1. Veuf : dont l'épouse est morte.

creusaient, ils grimpaient et marchaient, et un jour, ils se risquèrent, tout seuls, à monter presque tout en haut de la Crête et à pénétrer dans la forêt : ils y trouvèrent des œufs de bécasse, ce fut un grand événement.

Ib n'était jamais encore monté à Seishede, jamais il n'avait traversé en péniche les lacs que formait la Gudenaa, et voilà qu'il allait le faire : il était invité par le marinier, il l'accompagna chez lui la veille.

Sur les bûches de bois empilées dans la péniche, les deux enfants s'installèrent le matin, mangeant du pain et des framboises. Le marinier et son assistant progressaient à la gaffe[1] en suivant le courant, on allait bon train vers l'aval[2], à travers les lacs qui semblaient enfermés dans la forêt et les joncs ; pourtant il y avait toujours un passage, même si les vieux arbres s'inclinaient complètement et que les chênes étiraient leurs branches dénudées comme s'ils avaient retroussé leurs manches et voulaient montrer leurs bras nus et noueux. De vieux aulnes que le courant avait détachés de la berge se maintenaient au sol par les racines, on aurait dit de petites îles boisées. Des nénuphars se berçaient sur l'eau. C'était un

1. Gaffe : perche servant à la manœuvre d'une embarcation. 2. Aval : côté vers lequel descend un cours d'eau.

voyage ravissant… ! et puis on arriva aux pêcheries d'anguilles, où l'eau grondait à travers les écluses[1]. Il y avait de quoi regarder pour Ib et Christine !

En ce temps-là, il n'y avait ni usine ni ville là-bas, seulement la vieille ferme et son cheptel[2], qui n'était pas grand ; la chute de l'eau dans l'écluse et le cri du canard sauvage, voilà ce qui, seul, donnait de l'animation… Quand la péniche fut déchargée, le père de Christine acheta un gros paquet d'anguilles et un petit cochon que l'on venait d'abattre, le tout fut placé à l'arrière de la péniche, dans un panier. Puis on rentra en remontant le courant mais le vent était favorable et en hissant une voile, c'était aussi bien que si l'on avait attelé deux chevaux.

Quand ils arrivèrent en péniche à l'endroit de la forêt où l'homme qui aidait à la manœuvre n'avait qu'un petit bout de chemin à faire pour rentrer chez lui, cet homme et le père de Christine débarquèrent et recommandèrent aux enfants de rester tranquilles et prudents, mais s'ils le firent, ce ne fut pas longtemps, il fallut qu'ils regardent dans le panier où se trouvaient les anguilles et le cochon : celui-ci, il fallut qu'ils l'enlèvent et le

1. Écluses : portes situées sur un cours d'eau et munies de vannes destinées à retenir ou à lâcher l'eau selon les besoins. 2. Cheptel : ensemble de bestiaux.

tiennent, et comme ils voulaient le tenir tous les deux, ils le laissèrent tomber, tout droit dans l'eau. Il dériva avec le courant, ce fut un événement épouvantable.

Ib sauta à terre et fit un petit parcours au pas de course, puis Christine arriva aussi. « Emmène-moi ! » cria-t-elle, et ils se trouvèrent bientôt dans les buissons, ils ne voyaient plus la péniche ou la rivière. Ils firent encore un petit bout de chemin en courant, puis Christine tomba et pleura. Ib la releva.

– Viens avec moi ! dit-il. La maison est là-haut !

Seulement, elle n'était pas là-haut. Ils marchèrent, marchèrent, sur des feuilles fanées et des branches mortes tombées qui craquaient sous leurs petits pieds. Alors, ils entendirent un puissant appel… Ils restèrent immobiles et écoutèrent. À ce moment, un aigle cria, c'était un cri affreux, ils furent tout effrayés mais devant eux, dans la forêt, poussaient les plus délicieuses des myrtilles, une quantité incroyable. C'était bien trop tentant pour qu'ils ne restent pas, ils restèrent et mangèrent, ils eurent la bouche et les joues toutes bleues. Alors, de nouveau, on entendit un appel.

– On va être battus, à cause du cochon ! dit Christine.

– Allons-nous-en chez nous ! dit Ib. C'est ici, dans la forêt !

Et ils marchèrent. Ils arrivèrent à un chemin carrossable[1], mais il ne menait pas à la maison, il fit noir, ils eurent peur. L'étrange silence, alentour, était rompu par le cri affreux du grand duc[2] ou par les appels d'oiseaux qu'ils ne connaissaient pas. Finalement, ils s'engagèrent tous les deux dans un fourré, Christine pleurait et Ib pleurait, et quand ils eurent pleuré un moment, ils se couchèrent dans le feuillage et s'endormirent.

Le soleil était haut quand ils se réveillèrent, ils avaient froid mais sur la hauteur, tout près, le soleil brillait parmi les arbres. Là, ils pourraient se réchauffer et de là, pensait Ib, ils devraient apercevoir la maison de ses parents. En fait, ils en étaient loin, dans une tout autre partie de la forêt. Ils grimpèrent tout en haut et se trouvèrent sur une pente au bord d'un lac clair et limpide. Il y avait des myriades[3] de poissons éclairés par les rayons du soleil. Ce qu'ils voyaient était tellement inattendu, et tout près, il y avait un grand fourré plein de noisettes, il y en avait jusqu'à sept grappes ! Et ils les cueillirent, et ils les cassèrent et prirent les délicieuses amandes qui s'étaient

1. Carrossable : qui peut être emprunté par des voitures. 2. Grand duc : oiseau de proie nocturne. 3. Myriades : très grand nombre.

mises à prendre consistance... et puis il arriva encore une surprise, une épouvante. Du fourré sortit une grande vieille femme dont le visage était basané[1], les cheveux luisants et noirs. Elle avait le blanc des yeux brillant comme chez les négresses. Elle portait un fardeau sur le dos et tenait à la main un gourdin. C'était une bohémienne. Les enfants ne comprirent pas tout de suite ce qu'elle disait. Et elle sortit de sa poche trois grosses noisettes, chacune renfermait des merveilles, dit-elle, c'étaient des noisettes magiques.

Ib la regarda, elle avait l'air aimable, puis il prit son courage à deux mains et demanda s'il pourrait avoir ces noisettes, et la femme les lui donna et en cueillit dans le fourré de quoi remplir sa poche.

Et Ib et Christine regardèrent les trois noisettes magiques en faisant de grands yeux.

– Dans celle-ci, y a-t-il une voiture avec des chevaux attelés ? demanda Ib.

– Il y a un carrosse d'or avec des chevaux d'or ! dit la femme.

– Alors, donne-la-moi ! dit la petite Christine, et Ib la lui donna et la femme lui noua la noisette dans son fichu.

– Et dans celle-ci, y a-t-il un joli petit fichu comme celui de Christine ? demanda Ib.

1. Basané : de couleur brune.

– Il y a dix fichus, dit la femme, il y a de belles robes, des chaussettes et des chapeaux.

– Alors, je la veux aussi ! dit Christine, et le petit Ib lui donna également la deuxième noisette. La troisième était une petite noisette noire.

– Celle-là, tu vas la garder, dit Christine, elle est belle aussi.

– Et qu'est-ce qu'il y a dedans ? demanda Ib.

– Ce qu'il y a de meilleur pour toi ! dit la bohémienne.

Et Ib tint ferme la noisette. La femme promit de les remettre sur le chemin de chez eux, et ils marchèrent, mais bien entendu, dans une direction radicalement opposée à celle qu'ils devaient prendre ; ce n'est pourtant pas pour cela qu'il faut accuser la femme d'avoir voulu voler des enfants.

Dans la forêt où il est si facile de se perdre, ils rencontrèrent Chraen, le garde forestier, il connaissait Ib et, grâce à lui, Ib et la petite Christine arrivèrent à la maison où l'on était très inquiet à cause d'eux ; on leur pardonna, bien qu'ils eussent mérité tous les deux une bonne volée, d'abord parce qu'ils avaient fait tomber le cochon dans l'eau, et ensuite parce qu'ils étaient partis à l'aventure.

Christine rentra chez elle sur la lande et Ib resta dans la petite maison de la forêt. Le soir, la première chose qu'il fit, ce fut de sortir la noisette qui renfermait « ce qu'il y a de mieux »... Il la posa entre la porte et le chambranle, poussa la porte, la noisette craqua, mais on n'y voyait pas la moindre amande, elle était comme remplie de tabac à priser ou de terreau. Elle était véreuse[1], comme on dit.

– Oui, j'aurais bien pu y penser, se dit Ib, où y aurait-il eu place, dans cette petite noisette, pour ce qu'il y a de mieux ! Christine ne tirera ni beaux habits ni carrosse d'or de ses deux noisettes !

Et l'hiver vint, et la Nouvelle Année arriva.

Et plusieurs années passèrent. Alors, Ib dut aller au catéchisme[2], et le pasteur habitait loin. Vers ce temps-là, un jour, le marinier s'en vint chez les parents d'Ib, dire que la petite Christine allait maintenant s'engager comme domestique pour gagner sa vie et que c'était une vraie chance pour elle de tomber dans d'aussi bonnes mains, de prendre du service chez d'aussi braves gens : pensez donc, elle irait chez les riches aubergistes de Herning, dans l'ouest. Elle aiderait la mère et ensuite, quand elle se serait adaptée et aurait fait sa confirmation[3], ils la garderaient.

Et Ib et Christine se quittèrent : on les appelait les fiancés. Et au départ, elle lui montra qu'elle

1. Véreuse : qui contient des vers. 2. Catéchisme : cours d'instruction religieuse.
3. Confirmation : cérémonie religieuse au cours de laquelle un croyant reçoit un sacrement destiné à renforcer sa foi.

avait encore les deux noisettes qu'il lui avait données quand ils s'étaient égarés dans la forêt, et elle dit que, dans son coffre à habits, elle conservait les petits sabots qu'il avait taillés pour elle et qu'il lui avait offerts quand il était petit garçon. Puis ils se quittèrent.

Ib fut confirmé, mais il resta à la maison de sa mère car c'était un habile sabotier et, en été, il s'occupait bien de son petit champ : sa mère n'avait que lui pour cela, le père de Ib était mort.

On n'entendait que rarement parler de Christine, et c'était alors par un facteur ou un paysan pêcheur d'anguilles : tout allait bien pour elle chez les riches aubergistes et quand elle eut été confirmée, elle écrivit à son père une lettre où elle faisait ses salutations à Ib et à sa mère. Il était question, dans cette lettre, de six chemises neuves et d'un joli costume que lui avaient donnés son patron et sa patronne. Assurément, c'étaient de bonnes nouvelles.

Au printemps suivant, par une belle journée, on frappa à la porte de Ib et de sa mère, c'était le marinier, avec Christine. Elle était venue en visite pour une journée : juste une occasion, aller et retour pour Them, et elle en profitait. Pour être belle, elle l'était, comme une élégante demoiselle, et elle portait de bons habits, bien taillés et qui lui allaient bien. Elle était dans tous ses atours[1], et Ib avait ses vieux vêtements de tous les jours. Il ne parvint simplement pas à parler. Sans doute lui prit-il la main, la serrant, profondément heureux, mais il ne pouvait ouvrir la bouche. La petite Christine, elle, le pouvait, elle parlait, elle savait raconter et elle embrassa Ib sur la bouche :

– Tu ne me reconnais donc pas ! dit-elle.

Mais même lorsqu'ils furent seuls tous les deux et qu'il lui tenait encore la main, tout ce qu'il fut capable de dire, ce fut :

– Te voilà devenue une dame élégante, pour ainsi dire ! Et moi, j'ai l'air si négligé ! Comme j'ai pensé à toi, Christine ! et au bon vieux temps !

Et ils allèrent bras dessus, bras dessous sur la Crête et regardèrent la Gudenaa jusqu'à Seishede avec ses collines de bruyère, mais Ib ne disait rien ; pourtant, quand ils se quittèrent, il était évident pour lui qu'il fallait que Christine fût sa femme ; depuis qu'ils étaient petits, on les appelait fiancés, n'est-ce pas, ils étaient, lui semblait-il, promis l'un à l'autre, bien qu'aucun d'eux ne l'eût dit.

Ils ne pouvaient rester ensemble que quelques heures encore, elle devait retourner à Them d'où, le lendemain, de bonne heure, la voiture repartait vers l'ouest. Le père de Christine et Ib

1. Elle était dans tous ses atours : elle portait ses plus beaux vêtements.

l'accompagnèrent jusqu'à Them, il y avait un beau clair de lune et, quand ils arrivèrent, Ib tenant toujours la main de Christine, il ne put la lâcher, ses yeux étaient si clairs, mais il ne trouvait guère les mots ; pourtant, chacun lui venait du cœur :

– Si tu n'as pas pris des habitudes trop élégantes, dit-il, et si tu peux te résoudre à vivre dans la maison de ma mère, avec moi pour mari, nous serons mari et femme un jour, toi et moi… ! mais, bien sûr, nous pouvons attendre un peu !

– C'est ça, nous avons le temps, Ib ! dit-elle.

Et elle lui serra la main, et il l'embrassa sur la bouche.

– Je compte sur toi, Ib, dit Christine, et je crois que je t'aime, mais laisse-moi y penser cette nuit !

Et ils se quittèrent. Et Ib dit au marinier que lui et Christine étaient pour ainsi dire fiancés, et le marinier trouva que c'était bien ce qu'il avait toujours pensé. Et il accompagna Ib chez lui, dormit dans le même lit que lui où l'on ne parla plus de fiançailles.

Une année avait passé. Deux lettres furent échangées entre Ib et Christine. *Fidèle jusqu'à la mort*, était-il écrit près de la signature. Un jour, le marinier entra chez Ib, il lui apportait les salutations de Christine. Ce qu'il avait à dire encore fut lent à venir : c'était que tout allait bien pour Christine, plus que bien, c'était une belle fille, n'est-ce pas, estimée et aimée. Le fils de l'aubergiste était venu chez lui en visite. Il était employé dans quelque chose d'important à Copenhague[1], un bureau. Christine lui plaisait, elle aussi le trouvait à son goût, les parents du jeune homme n'avaient sûrement rien contre, mais Christine était désolée parce que Ib pensait sûrement beaucoup à elle, aussi avait-elle envisagé de refuser ce bonheur, dit le marinier.

D'abord, Ib ne dit pas un mot, mais il devint blanc comme un linge, secoua un peu la tête, puis dit : « Il ne faut pas que Christine repousse son bonheur !

– Écris-lui deux mots pour le lui dire ! dit le marinier.

Et Ib écrivit, mais il avait du mal à assembler les mots comme il voulait, il raturait, il déchirait… mais au matin, une lettre à la petite Christine était achevée, et la voici :

J'ai lu la lettre que tu as écrite à ton père et je vois que tout va bien pour toi, à tous égards, et que les choses peuvent aller mieux encore ! Interroge ton cœur, Christine, et réfléchis à quoi tu t'engages si tu m'épouses ! Ce que j'ai, ce n'est pas grand-chose. Ne pense pas à moi et à ma situation, pense à ton propre

1. Copenhague : capitale du Danemark.

bien ! À moi, tu n'es liée par aucune promesse et si tu m'en as fait une dans ton cœur, je t'en délie. Que toute la joie du monde soit avec toi, petite Christine ! Notre-Seigneur saura bien consoler mon cœur !

Ton tendre ami pour toujours,

Ib.

Et la lettre fut envoyée, et Christine la reçut.

Aux offices[1] du matin, les bans[2] furent publiés en chaire[3] dans l'église de la lande ainsi que là-bas à Copenhague où habitait le fiancé, et c'est là-bas qu'elle se rendit avec sa patronne, le fiancé ne pouvant, en raison de ses nombreuses affaires, aller aussi loin qu'en Jylland. Christine était convenue de retrouver son père au bourg de Funder par où passe la route et qui était pour lui le point de rencontre le plus proche. C'est là qu'ils se dirent adieu. Quelques mots furent échangés, mais Ib ne dit rien. Il était devenu tellement pensif, dit sa vieille mère. Oh oui ! pensif, il l'était, c'est pourquoi lui vinrent à l'esprit les trois noisettes qu'il avait reçues, enfant, de la bohémienne. Il en avait donné deux à Christine. C'étaient des noisettes magiques, dans l'une de celles qu'elle avait, il y avait un carrosse d'or avec

1. Offices : cérémonies religieuses. 2. Bans : proclamations officielles. 3. Chaire : tribune élevée du haut de laquelle un homme d'église adresse aux fidèles son discours.

ses chevaux, n'est-ce pas, et dans l'autre, les habits les plus magnifiques. C'était bien cela ! Toute cette splendeur, elle l'avait maintenant, là-bas, dans la ville royale ! Pour elle, tout s'accomplissait... ! Pour Ib, il n'y avait dans la noisette que le noir terreau. « Ce qu'il y a de mieux » pour lui, avait dit la bohémienne... eh bien, cela aussi s'était accompli ! Le terreau noir, c'était ce qu'il y avait de mieux pour lui. Il comprenait clairement maintenant ce que la femme avait voulu dire : ce qu'il y avait de mieux pour lui était dans la terre noire, dans le secret de la tombe !

Et des années passèrent... pas nombreuses, mais longues, trouvait Ib. Les vieux aubergistes moururent à peu d'intervalle. Toute leur fortune, des milliers et des milliers de rixdales[1], passa à leur fils. Eh oui ! et maintenant, Christine pouvait avoir carrosse d'or et beaux habits.

Dans les deux longues années qui suivirent, il n'arriva aucune lettre de Christine, et quand ensuite son père en reçut une, il n'y était pas du tout question de fortune et de satisfaction. Pauvre Christine ! ni elle ni son mari n'avaient su garder la mesure sur cette richesse, elle était partie comme elle était venue, elle ne leur avait apporté

1. Rixdales : ancienne monnaie d'argent qui avait cours dans le nord et l'est de l'Europe.

aucune bénédiction parce qu'eux-mêmes ne l'avaient pas voulu.

Et la bruyère fut en fleur, et la bruyère se dessécha.

Bien des hivers, la neige avait recouvert Seishede, la Crête à l'abri de laquelle habitait Ib. Le soleil de printemps brilla et Ib passa la charrue : elle trancha, à ce qu'il crut, un silex, il y eut comme un grand copeau noir qui sortit de terre, et comme Ib le prenait, il s'aperçut que c'était du métal : à l'endroit où s'était enfoncé le soc[1], il y avait un éclat brillant. C'était un gros bracelet pesant, en or, datant du paganisme[2]. On avait nivelé[3] là un tertre[4], on avait trouvé les précieux bijoux qu'il contenait. Ib le montra au pasteur qui lui dit à quel point c'était une chose splendide et Ib alla le porter au bailli[5] qui fit un rapport à Copenhague et conseilla à Ib d'aller lui-même remettre cette précieuse trouvaille.

– Tu as trouvé dans le sol ce que tu pouvais trouver de mieux ! dit le bailli.

– De mieux ! pensa Ib. Ce qu'il y a de mieux pour moi… et dans le sol ! ainsi, la bohémienne avait tout de même raison, pour moi aussi, puisque cela, c'est ce qu'il y a de mieux !

1. Soc : pièce de charrue composée d'une lame métallique. 2. Paganisme : culte de plusieurs dieux dans l'Antiquité gréco-romaine. 3. Nivelé : aplani, égalisé. 4. Tertre : petite élévation de terre, butte. 5. Bailli : officier de justice.

Et Ib prit le bateau d'Aarhus[1] à Copenhague. C'était comme une traversée de l'Océan pour lui qui n'avait passé que la Gudenaa. Et Ib arriva à Copenhague.

On lui paya la valeur de cet or qu'il avait trouvé. C'était une grosse somme : six cents rixdales. Ib, de la forêt de Seishede, déambula dans la grande Copenhague où il est si facile de se perdre.

Ce fut précisément la veille du jour où il voulait se rembarquer pour Aarhus que, le soir, il s'égara dans les rues, prit une direction tout autre que celle qu'il voulait et se trouva, après avoir passé Knippelsbro, à Christianshavn au lieu d'être en bas du rempart de Vesterport ! Il se dirigeait bien vers l'ouest, mais pas là où il aurait dû. On ne voyait personne dans la rue. Alors, une toute petite fille sortit d'une maison. Ib lui demanda son chemin. Elle resta interdite, leva les yeux vers lui et éclata en sanglots. Il lui demanda alors ce qui n'allait pas, elle dit quelque chose qu'il ne comprit pas et comme ils étaient tous les deux juste sous un réverbère dont la lumière lui tombait en pleine figure, il fut tout ému, car c'était le portrait vivant de la petite Christine qu'il voyait, absolument telle qu'il se la rappelait du temps où ils étaient enfants tous les deux.

1. Aarhus : port important du Danemark.

Et il entra avec la petite fille dans la pauvre maison, gravit l'escalier étroit et usé jusqu'à une petite chambre mansardée sous le toit. L'air y était lourd, étouffant, aucune lumière allumée. Dans le coin, quelqu'un soupirait et respirait péniblement. Ib frotta une allumette. C'était la mère de l'enfant, couchée dans le pauvre lit.

– Puis-je faire quelque chose pour vous aider ? dit Ib. La petite m'a amené ici mais je suis étranger dans cette ville. Y a-t-il un voisin ou quelqu'un que je puisse appeler ?…

Et il lui souleva la tête.

C'était Christine de Seishede.

Depuis des années, son nom n'avait pas été prononcé là-bas en Jylland, cela aurait troublé le cours paisible des pensées d'Ib et il n'y avait rien de bon non plus dans ce que disaient la rumeur… et la vérité : que tout l'argent que son mari avait hérité de ses parents l'avait rendu arrogant et désordonné. Il avait quitté son emploi, voyagé une demi-année en pays étrangers, était revenu, avait fait des dettes et davantage encore. À force de pencher, la voiture avait fini par verser. Les joyeux amis qu'il avait reçus nombreux à sa table disaient qu'il méritait ce qui lui arrivait, car il avait vécu comme un fou !… Un matin, on découvrit son cadavre dans le canal du Palais-Royal.

Christine allait portant la mort. Le plus jeune de ses enfants, âgé de quelques semaines seulement, conçu dans le bien-être, né dans la misère, était déjà dans la tombe et pour Christine, on en était arrivé au point qu'elle gisait, moribonde[1], abandonnée dans une chambrette misérable, misérable, qu'elle aurait pu supporter dans ses jeunes années à Seishede, mais dont, maintenant, habituée à une vie meilleure, elle ressentait toute la détresse. C'était l'aînée de ses enfants, une petite Christine également, souffrant de faim et de misère avec elle, qui avait amené Ib là-haut.

– J'ai peur de mourir en laissant cette pauvre enfant ! soupira-t-elle ; que va-t-elle devenir ?...

Elle ne put en dire davantage.

Et Ib frotta une nouvelle allumette et trouva un bout de chandelle qui brûla et éclaira la minable chambrette.

Et Ib regarda la petite fille en pensant à Christine dans sa jeunesse. Pour l'amour de Christine, il pouvait être bon envers cette enfant qu'il ne connaissait pas. La mourante le regardait, ses yeux s'agrandissaient... ! Le reconnut-elle ? il ne le sut pas, il ne l'entendit pas dire un mot.

1. Moribonde : mourante.

Et c'était dans la forêt, au bord de la Gudenaa, près de Seishede. Le ciel était gris, la bruyère, sans fleurs, les orages de l'ouest chassaient les feuilles jaunes de la forêt dans la rivière et sur la lande où se trouvait la maison au toit de chaume, où habitaient des inconnus. Mais en bas de la Crête, bien à l'abri des grands arbres, il y avait la petite maison peinte en blanc. Dans la salle, la tourbe des marais brûlait dans le poêle de faïence, dans la salle brillait le soleil qui rayonnait de deux yeux d'enfant, le chant de l'alouette printanière résonnait dans les propos de sa bouche rouge et souriante. Il y avait de la vie et de la gaieté, c'était la petite Christine qui était là. Elle était sur les genoux d'Ib. Ib lui tenait lieu de père et de mère : eux, avaient disparu, c'était comme un rêve pour l'enfant et l'adulte. Ib était dans sa maison propre et coquette, un homme à son aise. La mère de la petite fille reposait au cimetière des pauvres, dans la ville royale.

Ib avait de l'argent au fond de son coffre, disait-on, de l'or venu de la terre, et il avait aussi la petite Christine, n'est-ce pas ?

Le dernier rêve du vieux chêne

(*Un conte de Noël*)

En haut de la pente, dans la forêt, au bord du rivage, il y avait un très vieux chêne qui avait exactement trois cent soixante-cinq ans, mais pour cet arbre, cette longue durée n'était pas plus importante que le même nombre de jours pour nous autres hommes ; nous veillons le jour, nous dormons la nuit et c'est alors que nous rêvons. Pour l'arbre, il en va autrement, l'arbre est réveillé pendant trois saisons, ce n'est qu'en hiver qu'il dort, l'hiver est son époque de sommeil, c'est sa nuit après la longue journée qui s'appelle printemps, été et automne.

Pendant maint jour d'été, l'éphémère[1] avait dansé autour de sa cime, il avait vécu, plané et s'était senti heureux : que la petite créature se repose un instant dans une calme béatitude sur

1. Éphémère : insecte dont la vie ne dure que quelques jours.

l'une des grandes feuilles fraîches du chêne, l'arbre disait toujours :

– Pauvre petit ! Toute ta vie ne dure qu'un seul jour ! Comme c'est court tout de même ! c'est bien triste !

– Triste ! répondait toujours l'éphémère, que veux-tu dire par là ? Tout est d'une clarté si incomparable, si chaud, si délicieux, et je suis si content !

– Mais un jour seulement, et puis tout est fini !

– Fini ! disait l'éphémère. Qu'est-ce qui est fini ? Es-tu fini, toi aussi ?

– Non, je vivrai peut-être des milliers de tes jours, et mon jour, ce sont des saisons entières ! c'est une chose si longue, tu ne peux simplement pas calculer ça !

– Non, parce que je ne te comprends pas ! Tu as des milliers de mes jours, mais j'ai des milliers d'instants où être si content et heureux ! Est-ce que toute cette splendeur du monde cesse quand tu meurs ?

– Non, dit l'arbre, elle continue certainement, infiniment plus longtemps que je ne peux l'imaginer !

– Alors, nous sommes aussi bien partagés, c'est seulement que nous ne calculons pas de la même façon !

Et l'éphémère dansait et prenait son essor, tout

joyeux dans l'air chaud tout épicé du parfum du champ de trèfle et des églantines de la palissade, du sureau et des chèvrefeuilles, sans parler des muguets, des primevères et des menthes sauvages. C'était un parfum si fort que l'éphémère avait l'impression d'en être un peu enivré. La journée était longue et délicieuse, pleine de joie et de sensations exquises, et quand le soleil descendait, le petit insecte se sentait toujours agréablement fatigué de tout ce plaisir. Ses ailes ne voulaient plus le porter et, tout doucement, il se laissait glisser sur le brin d'herbe tendre et vacillant, hochait la tête à sa façon et s'endormait heureux, c'était la mort.

– Pauvre petit éphémère, disait le chêne, c'est tout de même une vie trop brève !

Et chaque jour d'été reprenait la même danse, les mêmes propos et réponses, le même engourdissement. Cela se répétait sur des générations entières d'éphémères, et tous, ils étaient aussi heureux, aussi contents.

Le chêne restait éveillé son matin de printemps, son midi d'été, son soir d'automne, ce serait bientôt son temps de sommeil, sa nuit, l'hiver allait venir.

Déjà, les orages chantaient :

– Bonne nuit, bonne nuit ! une feuille est tombée, une feuille est tombée ! Nous cueillons, nous cueillons ! prépare-toi à dormir ! nous allons chanter, nous allons te secouer pour t'endormir, mais cela fait du bien à tes vieilles branches, pas vrai ? elles craquent de pur plaisir ! dors bien, dors bien ! c'est ta trois cent soixante-cinquième nuit, en fait, tu n'es qu'un tout petit d'un an ! dors bien ! Le nuage te couvre de neige, cela va faire un drap, une couverture tiède sur tes pieds ! dors bien et fais de beaux rêves !

Et le chêne se trouva dégarni de son feuillage pour se reposer tout ce long hiver et y faire force rêves[1], toujours sur quelque chose de vécu comme dans les rêves des hommes.

Lui aussi, il avait été petit, un jour, eh oui ! un gland avait été son berceau. Selon la façon de compter des hommes, il vivait son quatrième siècle maintenant. C'était le plus grand, le plus important arbre de la forêt, sa cime dominait de haut tous les autres arbres ; en mer, on la voyait de loin, elle servait de repère aux bateaux. Il n'imaginait simplement pas combien de regards le cherchaient. Tout en haut de sa cime verte, les ramiers bâtissaient leur nid, le coucou y chantait et en automne, quand les feuilles avaient l'air de plaques de cuivre martelé, les oiseaux migrateurs venaient s'y reposer avant de s'envoler au-dessus de la mer. Maintenant, c'était l'hiver, l'arbre restait

1. Force rêves : de nombreux rêves.

sans feuilles, on voyait parfaitement comme ses branches s'étiraient, courbées et tordues. Corneilles et choucas venaient s'y poser tour à tour et parlaient des temps difficiles qui commençaient, disant comme il était dur de trouver sa pitance[1] en hiver.

C'était précisément l'époque sainte de Noël. Alors, l'arbre fit son rêve le plus merveilleux. Nous allons l'entendre.

L'arbre avait nettement la sensation que c'était un temps de fête, il avait l'impression d'entendre sonner toutes les cloches des églises à la ronde et, de plus, c'était comme une délicieuse journée d'été, douce et chaude. Il déployait, frais et vert, sa puissante frondaison[2], les rayons du soleil jouaient parmi les feuilles et les branches, l'air était empli du parfum des herbes et des buissons. Des papillons bigarrés[3] jouaient à « chat » et les éphémères dansaient, comme si tout n'existait que pour qu'ils dansent et s'amusent. Tout ce qu'au cours des années l'arbre avait vécu et vu autour de lui passait comme en un cortège de fête. Il voyait, venus des temps anciens, des chevaliers et des dames, plume au chapeau et faucon sur le poing, chevauchant à travers la forêt. Le cor[4] de chasse résonnait et les chiens donnaient de la

1. Pitance : nourriture. 2. Frondaison : feuillage. 3. Bigarrés : de toutes les couleurs. 4. Cor : instrument à vent semblable à une trompe.

voix. Il voyait des soldats ennemis aux armes luisantes et en habits bariolés[1], avec leurs lances et leurs hallebardes, planter leurs tentes puis les replier. Les feux de bivouac flambaient et l'on chantait, on dormait sous les branches déployées de l'arbre. Il voyait des amoureux se rencontrer là, dans un bonheur paisible, au clair de lune, et graver leurs noms, l'initiale, dans son écorce gris-vert. Un jour, oh ! bien des années avant, des cithares et des harpes éoliennes avaient été accrochées aux branches du chêne par de joyeux compagnons en voyage, elles se retrouvaient là, elles résonnaient de nouveau, délicieusement. Les ramiers roucoulaient comme s'ils voulaient raconter ce que ressentait l'arbre, et le coucou chantait combien de jours d'été il allait vivre.

Alors ce fut comme si un nouveau courant de vie ruisselait jusqu'en bas dans ses moindres racines et remontait à ses branches les plus élevées, jusque dans ses feuilles. L'arbre sentit qu'il s'étirait, il percevait même par ses racines comme, dans la terre aussi, il y avait vie et chaleur. Il sentit sa force s'accroître, il poussait de plus en plus. Son tronc grandissait, il n'y avait plus de pause, il croissait toujours davantage, sa frondaison se faisait de plus en plus touffue, s'élargissait,

1. Bariolés : de toutes les couleurs.

s'élevait… et à mesure qu'il grandissait, grandissait aussi son bien-être, son ineffable[1] désir d'atteindre toujours plus haut, jusqu'au soleil brillant et chaud.

Il était déjà au-dessus des nuages qui, comme de sombres bandes d'oiseaux migrateurs ou de grands vols de cygnes blancs, passaient au-dessous de lui.

Et chacune des feuilles de l'arbre voyait comme si elle avait des yeux. Les étoiles devenaient visibles en plein jour, grandes et éblouissantes. Chacune scintillait comme des yeux doux et clairs. Elles rappelaient des yeux connus et chers, des yeux d'enfants, des yeux d'amoureux lorsqu'ils se rencontraient sous l'arbre.

Ce fut un moment exquis, rempli de joie ! Et pourtant, dans toute cette liesse[2], il éprouvait un regret, une envie de voir tous les autres arbres de la forêt, en dessous, tous les buissons, les plantes et les fleurs s'élever aussi, sentir et concevoir cet éclat et cette joie. Le chêne puissant dans tout son rêve de splendeur n'était pas pleinement heureux s'il ne les avait pas tous avec lui, petits et grands, et ce sentiment tremblait parmi ses branches et ses feuilles, aussi profondément, aussi fort que dans une poitrine humaine.

La cime de l'arbre s'agita comme si elle cherchait

1. Ineffable : indescriptible, extraordinaire. 2. Liesse : joie profonde.

ce qui lui manquait, elle regarda en arrière. Alors, elle sentit le parfum des petits muguets et bientôt, encore plus fort, celui des chèvrefeuilles et des violettes, elle crut entendre le coucou lui répondre.

Mais oui ! à travers les nuages percèrent les cimes vertes de la forêt, le chêne vit, en dessous de lui, les autres arbres grandir et s'élever comme lui. Buissons et plantes jaillissaient. Certains s'arrachaient avec leurs racines pour voler plus vite. Le bouleau fut le plus rapide. Comme un éclair blanc, son svelte[1] tronc monta dans un crépitement, ses branches ondoyaient comme voiles et drapeaux verts. Toute la nature de la forêt, et même le roseau aux plumeaux bruns, grandissait aussi, et les oiseaux suivaient en chantant, et sur son brin d'herbe qui ondulait librement et volait comme un long ruban de soie verte, la sauterelle faisait de la musique, l'aile sur la patte. Les hannetons vrombissaient et les abeilles bourdonnaient, tous les oiseaux avaient au bec une chanson, tout n'était que chant et joie jusqu'au plus profond du ciel.

– Mais la petite fleur bleue au bord du lac, il faudrait qu'elle soit là aussi ! dit le chêne. Et la campanule rouge ! et la petite pâquerette !...

1. Svelte : mince.

Eh oui ! le chêne les voulait toutes avec lui !

– Nous t'accompagnons ! nous t'accompagnons ! entendait-on chanter et résonner.

– Mais les beaux petits muguets de l'été dernier… et l'année précédente, il y avait ici toute une floraison de muguets !… et le pommier sauvage, comme il était superbe… ! et toute la parure de la forêt pendant des années, pendant tant d'années… ! si seulement elle avait vécu jusqu'à maintenant, elle aussi aurait pu nous accompagner !

– Nous t'accompagnons ! nous t'accompagnons ! entendit-on chanter et résonner encore plus haut, on aurait dit qu'elles avaient pris les devants dans leur vol.

– Non, c'est incroyable, c'est trop beau ! exulta[1] le vieux chêne. Je les ai tous ! Petits et grands ! Pas un n'est oublié ! Tout de même, comment est-ce possible, comment est-ce pensable, toute cette félicité[2] !

– Au ciel de Dieu, c'est possible, c'est pensable ! entendit-on chanter.

Et l'arbre, qui grandissait toujours, sentit que ses racines se détachaient du sol.

– Voilà qui est parfait, dit l'arbre, maintenant, aucun lien ne me retient ! Je peux voler vers les

1. Exulta : déborda de joie. 2. Félicité : grand bonheur.

hauteurs suprêmes dans la lumière et la gloire ! et j'ai tous mes êtres chers avec moi ! Petits et grands ! Tous !

– Tous !

Tel fut le rêve du vieux chêne, et tandis qu'il rêvait, une violente tempête déferla sur la mer et la terre en cette sainte nuit de Noël. La mer roula de lourdes vagues sur le rivage, l'arbre craqua, cassa et fut arraché avec ses racines au moment précis où il rêvait que ses racines se détachaient. Il tomba. Ses trois cent soixante-cinq années étaient maintenant comme un jour pour l'éphémère.

Le matin de Noël, quand le soleil parut, la tempête s'était calmée. Toutes les cloches d'églises sonnaient pour la fête, et de chaque cheminée, de la plus petite même sur le toit du métayer[1], montait une fumée bleuâtre comme, de l'autel[2] où le druide[3] officie, la fumée de sacrifice et d'action de grâces. La mer s'apaisa de plus en plus et sur un gros navire qui avait dû, cette nuit-là, essuyer la tempête, tous les drapeaux furent hissés pour fêter joliment Noël.

– L'arbre a disparu ! Le vieux chêne, notre repère sur la côte ! dirent les marins. Il est tombé dans

1. Métayer : paysan qui n'est pas propriétaire de sa terre. 2. Autel : dans l'Antiquité, table sur laquelle on offrait des sacrifices aux dieux. 3. Druide : prêtre celtique.

cette nuit de tempête ! Qui va pouvoir le remplacer ? Personne !

Voilà l'oraison funèbre[1], brève mais bienveillante, que reçut l'arbre gisant sur le tapis de neige du bord du rivage. Retentit jusqu'à lui le cantique que l'on chantait sur le bateau, disant la joie de Noël, le salut des hommes par le Christ et la vie éternelle :

Chante haut dans les nues, peuple de l'église de Dieu !
Alléluia ! Nous voici comblés,
Cette joie est sans pareille !
Alléluia, alléluia !

Voilà ce que disait le vieux cantique[2] et chacun à sa façon, là-bas sur le bateau, fut exalté par ce chant et cette prière, tout comme le vieil arbre s'était élevé dans son dernier, son plus merveilleux rêve, la nuit de Noël.

1. Oraison funèbre : discours prononcé en hommage à un mort. 2. Cantique : chant religieux.

Carnet de lecture

Qui êtes-vous,
Monsieur Andersen ?

Une destinée de conte de fées

Quand Hans Christian Andersen, à l'âge de cinquante ans, prend la plume pour écrire son autobiographie, il choisit de lui donner pour titre *Le Conte de ma vie*. C'est dire si l'écrivain a conscience d'avoir vécu une existence extraordinaire, digne des ouvrages les plus féeriques. En effet, rien ne prédestinait ce fils d'un cordonnier et d'une lavandière des plus pauvres à être reçu un jour à la table des grands de ce monde et à la cour des monarques les plus puissants d'alors. Qui aurait pu prédire que ce jeune garçon qui n'était pas fait pour les études deviendrait un jour un auteur célèbre, reconnu et traduit dans pas moins de cent soixante-treize langues ?

Né en 1805 dans la petite ville d'Odense, au sud du Danemark, Andersen partage avec « la petite fille aux allumettes » une enfance à bien des égards misérable. Très tôt, on le met en apprentissage chez un tailleur pour qu'il gagne son pain. Cependant, une représentation donnée dans sa ville natale par le Théâtre royal de Copenhague, alors qu'il n'est âgé que de douze ans, va décider de son avenir : il sera homme de lettres. À quatorze ans, avec seulement dix rixdales en poche (environ cinq euros actuels) et la prédiction prometteuse d'une voyante, Andersen gagne la capitale pour tenter sa chance et faire fortune.

La métamorphose du « vilain petit canard »

Le futur écrivain connaît des débuts difficiles : sa première tragédie ne plaît guère à son entourage proche. Il doit reprendre le chemin de l'école, sous les moqueries de ses camarades de classe bien plus jeunes que lui. Andersen persévère néanmoins. Sa pugnacité et l'humour dont il fait preuve en toutes situations ont raison de ses premiers déboires. En 1829, il parvient à publier son premier livre intitulé *Voyage à pied de Holmen à la pointe est d'Amager* ; il s'agit du récit humoristique d'un périple d'à peine quelques kilomètres, qui lui vaut l'attribution d'une bourse. Mais l'insuccès d'une pièce de théâtre et une déception amoureuse le décident, l'année suivante, à partir à la découverte du vaste monde.

À vingt-six ans, il parcourt de nombreux pays d'Europe. Fait surprenant dans un temps où l'on voyage encore peu, il pousse jusqu'en Turquie et séjourne plus de neuf années en tout hors des frontières de son pays. C'est l'occasion pour lui de faire la connaissance de grands artistes contemporains, comme Victor Hugo ou Charles Dickens, et d'être convié par les têtes couronnées des pays qu'il traverse. Sa passion des voyages ne lui fait pas oublier la littérature. En chemin, il ne cesse d'écrire : des poèmes, un roman et un premier recueil de contes qui voit le jour en 1835.

Enfin célèbre !

À partir des années 1840, Andersen est considéré comme un auteur de premier ordre. Il doit surtout cette nouvelle popularité à ses contes, cent cinquante-six histoires au total qui lui ouvrent une large reconnaissance littéraire. Publiés dans tous les pays, ses textes sont très appréciés des adultes. Orateur de talent, il est même invité aux quatre coins de l'Europe pour en donner lecture. Jusqu'en 1873, date à laquelle ses forces déclinent, il s'adonne ainsi à sa passion de voyage et compte parmi les premiers utilisateurs du chemin de fer.

Mais la vraie consécration vient en 1867 : Andersen est invité à l'Exposition universelle de Paris et se voit remettre le titre de « citoyen d'honneur d'Odense », sa ville d'origine. Touché par la considération qu'on lui témoigne, il n'en reste pas moins une nature profondément mélancolique et angoissée. S'il se réjouit de ses succès et du chemin parcouru depuis l'enfance, il se sent aussi résolument seul et poursuivi par le malheur. Lorsqu'il s'éteint le 6 août 1875, après une existence bien remplie, il n'a pas fondé de famille et on ne lui connaît pas de véritable ami intime. Mais il laisse derrière lui une œuvre considérable qui continue de nous enchanter.

Derrière ses personnages : l'auteur

À bien des égards, la vie de Hans Christian Andersen a des allures de conte de fées. En retour, ses textes merveilleux sont nourris de son existence et de ses expériences. L'auteur se cache souvent derrière ses créatures de papier. « La petite fille aux allumettes » parle de la misère qui était la sienne quand il était enfant. À travers « Le vilain petit canard » comment ne pas reconnaître le parcours semé d'embûches d'un passionné de littérature, bien décidé à faire valoir son talent ? « La petite sirène », enfin, évoque sous le voile de la fiction les amours contrariées et malheureuses d'un homme souvent éconduit…

De leur auteur, les héros des *Contes* tiennent aussi leur goût pour le voyage. Comme lui, sirène, canard, bergère ou ramoneur partent à la découverte de terres inconnues, ce qui vaut alors pour un apprentissage de la vie. Les personnages se révèlent finalement à eux-mêmes et aux autres au terme de leur périple. Le voyage inspire également le décor de certaines histoires. Ainsi, le palais au dôme doré de « La petite sirène » rappelle la fascination qu'exerçait sur l'auteur l'architecture orientale des pays méditerranéens qu'il avait visités.

Le coup de plume magique de l'écrivain-enchanteur

Chez Andersen, la vie et l'écriture ne font qu'un : certes, il écrit pour vivre mais, surtout, il vit pour écrire. Dès lors, la limite entre réalité et fiction disparaît. Aussi le merveilleux, dans ses contes, est moins à chercher dans la présence de fées ou de sortilèges jetés par des sorciers que dans le quotidien (salle à manger traditionnelle dans « L'intrépide soldat de plomb », décorations rituelles de Noël dans « Le sapin », paysage pittoresque dans « Le dernier rêve du vieux chêne »). Les détails réalistes rapprochent par là l'univers merveilleux de notre monde familier. La magie se passe de coup de baguette : elle relève plutôt du regard que nous portons sur les êtres et les choses qui nous entourent et de notre capacité précisément à nous émerveiller. Le soldat de plomb qui s'envole est-il à la merci d'un vent violent ou a-t-il reçu un mauvais sort ? À chacun d'en juger. Ce type d'interrogations justifie que les contes passent de la catégorie du merveilleux à celle du fantastique puisqu'on hésite entre une explication rationnelle et une interprétation surnaturelle des faits.

Récits personnels où l'auteur se met tout entier, les *Contes* d'Andersen n'invitent pas seulement à rêver mais aussi à réfléchir. La vanité de l'empereur prêt à tout pour des habits neufs, les revers de fortune d'Ib et de la petite Christine permettent de s'interroger avec l'auteur sur l'étroitesse d'esprit ou encore l'impuissance des hommes à comprendre les voies du destin. Le merveilleux a bien pour fonction de divertir le lecteur mais, au-delà, il constitue un détour pour que s'exerce sa faculté de jugement sur le réel.

Écrire au temps d'Andersen

Un auteur attentif aux plus faibles

Si merveilleux qu'ils soient, les *Contes* nous parlent de la société au temps d'Andersen. Une société fortement hiérarchisée et injuste où les riches s'enferment dans le mépris et où les pauvres meurent de faim. Ainsi la petite marchande transie de froid ne s'attire que l'indifférence des passants et n'a plus que ses allumettes pour se procurer quelque chaleur ; le canard, isolé dans la basse-cour, subit les remarques prétentieuses et ironiques de ses supérieurs au royaume des animaux, du coq agressif à la poule et au chat aussi fiers que bornés… C'est donc contre un monde profondément inégalitaire et intolérant, celui de son époque, que la voix du conteur s'élève.

Homme de progrès, Andersen entend plaider la cause des plus démunis, dont il est issu, auprès des puissants qui exercent le pouvoir. Pour cela, il n'hésite pas à se rendre à la cour des rois qu'il cherche alors à sensibiliser, par les histoires qu'il raconte, à la misère du peuple et à l'exclusion dont celui-ci est victime. En cela, il se fait l'héritier des penseurs du XVIIIe siècle. Comme les philosophes qui ont œuvré pour la Révolution de 1789, il affiche un esprit d'ouverture et de curiosité insatiable. Citoyen du monde, l'écrivain profite de l'invention de la locomotive à vapeur, dans la première moitié du XIXe siècle, période où se développent considérablement l'industrie et les techniques, pour apprendre au contact des autres et diffuser ses propres idées.

Des histoires qui finissent… mal

Plus encore qu'au mouvement des Lumières, Andersen appartient à la génération romantique dont Victor Hugo, qu'il a rencontré, fut l'un des chefs de file en France. Comme l'auteur des *Misérables*, il croit que la littérature peut changer le monde.

Mais Andersen retient aussi du romantisme une forme de mélancolie. Rares, en effet, sont les contes qui, chez lui, se terminent bien : pas de mariage ni d'annonce d'enfants à naître à la fin de ses histoires. Les héros meurent souvent à la dernière page, à la manière de la jeune fille aux allumettes et de la pauvre petite sirène. Mais ils appréhendent la mort sans angoisse et semblent voir en elle une délivrance. Cela correspond sans doute à la vision et à la religion de l'écrivain lui-même : protestant fervent, il estimait que nos fautes ne pouvaient être rachetées et que nous étions dans la main de Dieu sans qu'il soit possible de changer le destin ; à ses yeux, il s'agissait donc d'accepter ce qui était donné par le ciel.

Il était une fois les contes

Petite histoire du genre

Les contes, sous leur forme écrite, trouvent leur origine dans des temps reculés. En effet, au XIIe siècle avant Jésus-Christ, un papyrus égyptien rapporte déjà un récit fabuleux. Pourtant, il faut attendre le Moyen Âge et surtout le XVIIe siècle pour disposer à nouveau de textes écrits illustrant ce genre littéraire.

Cela s'explique par le fait que, durant des siècles, les contes se sont transmis de génération en génération sous forme presque exclusivement orale : on les disait à la veillée, on s'en amusait dans les salons. Considérés comme une littérature mineure, on ne les jugeait pas dignes d'être fixés sur le papier.

Les choses changent à l'époque classique avec l'écrivain français Charles Perrault (1628-1703), qui donne ses lettres de noblesse au genre : « Barbe-Bleue », « Cendrillon » ou encore « Le Petit Chaperon rouge » deviennent des textes à lire à part entière. À la même époque, les contes des *Mille et Une Nuits*, traduits par Antoine Galland, séduisent plus d'un lecteur en les transportant dans un ailleurs exotique de fantaisie. Un siècle plus tard, en Allemagne, les frères Jacob et Wilhelm Grimm se lancent dans une entreprise assez semblable. Ils publient entre 1812 et 1815 les *Contes d'enfants et du foyer* où l'on trouve, parmi les plus célèbres, « Hänsel et Gretel » et « Blanche-Neige ». Au XIXe siècle, le conte se voit éclipsé par un autre genre de brefs récits en prose : la nouvelle, qui se veut résolument réaliste et peint des tranches de vie familières du lecteur. Cependant, le XXe siècle renoue avec la tradition des contes en les combinant à d'autres arts : en 1914, « La petite marchande d'allumettes » devient un opéra, tandis qu'en 1990 « La petite sirène » est adaptée par les studios Walt Disney.

Andersen, à qui sa grand-mère racontait de vieilles légendes danoises lorsqu'il était enfant, a sans doute puisé dans ce fonds pour écrire ses histoires. Mais il l'a également enrichi en y ajoutant sa touche personnelle, quand il ne l'a pas totalement renouvelé en faisant appel à son imagination fertile. Voilà pourquoi ses contes font date dans l'histoire littéraire du genre.

À quoi reconnaît-on un conte ?

Si Andersen nous donne à lire des textes allant de quelques pages à plusieurs dizaines, il se conforme à l'une des caractéristiques fondamentales du genre qui est sa brièveté : le conte se distingue ainsi du roman par son caractère court et condensé. Autre caractéristique du genre : les héros y sont peu décrits et obéissent à une représentation schématique. Ainsi la plus jeune fille du roi de la mer est-elle « plus belle encore que les autres » tandis que la sorcière qu'elle va consulter apparaît d'une laideur repoussante. Le conte, de même, se soucie peu de vraisemblance : il se situe dans une sorte de « hors-temps » qui le rend universel. Chacun peut ainsi s'identifier au « Vilain petit canard » et en déchiffrer la leçon.

Car si le conte raconte une histoire simple, il contient aussi un enseignement que le lecteur doit s'efforcer de comprendre. Ainsi la moralité des « Habits neufs de l'empereur » n'est-elle pas exprimée en toutes lettres ; mais le conte dénonce bien la coquetterie frivole d'un souverain imbu de sa personne.

Andersen, un conteur hors du commun

Le père de la pauvre marchande d'allumettes, du canard fait cygne ou du courageux ramoneur synthétise nombre des tendances du conte. Ses textes plongent parfois leurs racines dans un folklore ancien, comme « Ib et la petite Christine » ou « Le sapin ». Les onomatopées qui émaillent son écriture rappellent que le conte était fait d'abord pour être dit : les œufs qui s'ouvrent font « pip ! pip ! », les chiens de chasse qui s'ébrouent dans la vase « klask ! klask ! »... Et ce ne sont pas seulement les animaux que l'on entend dans ses histoires, c'est aussi le conteur lui-même s'exclamant : « Voilà, c'était une vraie histoire ! » au dénouement de « La princesse au petit pois », ou : « Oh oui ! il faisait vraiment bon à la campagne ! »

dans l'incipit du « Vilain petit canard ». Cette vivacité, qui n'exclut pas non plus une tonalité douce-amère, constitue en partie l'originalité d'Andersen.

On retrouve aussi dans ses *Contes* l'amour de leur auteur pour le théâtre à travers un sens inné de la mise en scène. D'une part, il accorde une attention toute particulière aux décors de ses récits, comme le salon où se tient l'armoire de « La bergère et le ramoneur » ou le château tout baroque de « La petite sirène ». D'autre part, il sait admirablement faire parler ses personnages en un langage imagé et évocateur, à l'exemple de la poule Kot-Kot-courtes-pattes et du chat Fiston. Comme au théâtre, les temps forts de ces histoires deviennent de véritables moments de spectacle, tel le bal fastueux donné sur le bateau pour le mariage du prince auquel assiste, médusée, la petite sirène…

Enfin, même s'ils mettent en scène un univers merveilleux, les textes d'Andersen n'en consacrent pas moins toujours des qualités de cœur tout humaines. On y trouve des personnages dotés d'un naturel à la fois bon et simple qui, par leur exemple, incitent à la bonté et à la modestie. Nulle action d'éclat de leur part, mais une acceptation sage de ce qui leur échoit.

Telle est peut-être la leçon que l'écrivain a tirée d'une existence vouée tout entière à la littérature, pour notre plus grand plaisir.

Table des matières

Découvre
d'autres textes classiques

---

dans la collection

folio junior

L'ÉPOPÉE DE GILGAMESH

Anonyme

n° 1504

Transformé par son amitié avec Enkidou, l'homme sauvage, Gilgamesh, roi tyrannique, se lance dans un périlleux voyage en quête de l'immortalité. Le récit de ses exploits est le plus ancien texte de l'humanité.

Adapté et raconté par Pierre-Marie Beaude.

L'Odyssée

Homère

n° 1228

Depuis dix ans, Ulysse, roi d'Ithaque, erre sur les mers. Il a affronté le Cyclope, résisté au chant des Sirènes, déjoué les pièges de Circé et de Calypso… Mais Ulysse « aux mille ruses » ne s'avoue jamais vaincu. Et c'est déguisé en mendiant qu'il revient en son royaume pour se débarrasser des prétendants qui cherchent à lui ravir son trône.

SINDBÂD DE LA MER

Anonyme

n° 516

Sindbâd, riche commerçant de Bagdad, a tout pour être heureux. Quelle folie le pousse à tout quitter pour prendre la mer ? D'innombrables dangers l'attendent sur la route de l'aventure...

LE MÉDECIN MALGRÉ LUI

Molière

n° 1503

Un mari bat sa femme qui se venge en faisant de lui un médecin des plus inattendus. Il découvre bientôt que ce métier pourrait bien être le meilleur du monde... Cette pièce est une des plus célèbres de Molière pour son art achevé de la farce et du comique de situation. Si elle nous fait toujours autant rire, elle sait aussi nous toucher et nous émouvoir.

FABLES CHOISIES

Jean de La Fontaine

n° 1200

Simples adversaires ou ennemis jurés, les animaux s'en donnent à cœur joie sous la plume de La Fontaine. Et si ce réjouissant étalage de ruses et de mauvaise foi n'était que le reflet de la société des hommes ?
Un monde peuplé d'animaux ressemblant étrangement au nôtre, tel est l'univers de La Fontaine qui, dans ces fables n'ayant rien perdu de leur actualité, dénonce avec élégance les vices de la nature humaine.

CONTENTES CHOISIS

Charles Perrault

n° 443

Cruels et drôles, les *Contes* de Perrault nous parlent des dangers qui guettent petits et grands sur le chemin de la vie. Comment échapper au loup ? Les fées décident-elles seules de notre destin ? Le courage et l'ingéniosité suffisent-ils pour atteindre le bonheur ?

La Belle au bois dormant – Le Petit Chaperon rouge – La Barbe bleue – Le Maître chat ou le Chat botté – Les fées – Cendrillon ou la petite pantoufle de verre – Riquet à la houppe – Le Petit Poucet – Peau d'Âne

Illustrations de Gustave Doré

Mise en pages : Maryline Gatepaille

Loi n° 49-956 du 16 juillet 1949
sur les publications destinées à la jeunesse
ISBN : 978-2-07-062964-0
Numéro d'édition : 262145
Premier dépôt légal : janvier 2012
Dépôt légal : septembre 2013

Imprimé en Espagne par Novoprint (Barcelone)